W0319233

SONDERZAHL

Georg Thiel

Im Labyrinth des Unglücks

Roman

SONDERZAHL

www.sonderzahl.at

Alle Rechte vorbehalten
© 2010 Sonderzahl Verlagsgesellschaft m.b.H., Wien
Schrift: TimesNewRomanPS
Druck: REMA*print*, Wien
ISBN 978 3 85449 328 0
Umschlag von Thomas Kussin

Vor allem glaube ich ans Dämonische.
Und an dessen Gegenzauber: das Lachen.
Gregor von Rezzori

Die Faistenzecks waren kein glückliches Geschlecht. Fruchtbar, dabei nicht vital, war es keinem aus ihren Reihen vergönnt gewesen, sich vom Fluch der Armut zu befreien. Sie vermehrten sich mit der Hemmungslosigkeit der Besitzlosen und lebten in Bereichen geringer sozialer Reputation. Sie schufteten als Tagelöhner, rackerten in den unteren Rängen der Knechtshierarchie, darbten im Alter, so sie es erreichten, in Armenhäusern.

Irgendwann, so ging die Fama, war einem von ihnen der Sprung in die Selbständigkeit geglückt, als Abdecker mit wohlgefüllten Fleischtöpfen. Vermutlich entbehrte die Geschichte des realen Hintergrundes, doch hegen auch Völker im Niedergang einen Mythos vom goldenen Zeitalter.

Wie jeder, der mit sechs Geschwistern in der Kate eines Kleinhäuslers aufgewachsen ist, wußte Ferdinand den Wert eines Bissen Brotes wohl zu schätzen.

Aus seiner Kindheit hatte er die Erinnerung an einen Vater bewahrt, der sich bei jeder Gelegenheit exzessiv betrank. Er entsann sich seiner abgezehrten Mutter, an das Gefühl peinigenden Hungers, verbunden mit Kämpfen um Anteile an nie ausreichende Mahlzeiten. Entwürdigende Gänge zu den kommunalen Schweinetonnen, um nicht verhungern zu müssen.

Doch gab es auch gute Stunden. Was sich tief eingeprägt hatte, waren die Schlachttage bei Franz Katzenschlager, dem Fleischhauer des Dorfes gewesen. Sie läuteten

jeweils eine kurze Zeit der Völlerei ein, denn der als billige Hilfskraft gedungene Ferdinand konnte sich nicht nur am Blutsterz gütlich tun, sondern kehrte, mit einem Kübel Kuttelfleck entlohnt, einem Triumphator gleich in die elterliche Hütte zurück.
Aufrichtig beneidet von seinen Geschwistern schaffte er mit 17 den Sprung zum fixen Arbeitsverhältnis. Er trat in die Dienste Katzenschlagers, dessen Geschäfte zu diesem Zeitpunkt dermaßen schlecht gingen, daß er sich kein qualifiziertes Personal mehr leisten konnte.

1895 hatte Katzenschlager noch als ein von Fortuna begünstigter Mann gegolten. Aus kleinen Verhältnissen stammend, hatte er sich mit einer von Skrupellosigkeit nicht gänzlich freien Tüchtigkeit emporgearbeitet und stellte nun, mit 40 Jahren, eine in mehrerlei Hinsicht gewichtige Persönlichkeit dar.
Dennoch: Auch wenn der von ihm betriebene Stechviehhandel florierte, war Katzenschlager selbst vom Zustand des Seelenfriedens weit entfernt. Die Verbindung mit Gattin Ernestine, mehr im Hinblick auf Gewinn denn aus Liebesneigung geschlossen, vermehrte seinen Besitz wohl um eine gut eingeführte Fleischhauerei, der erhoffte Nachwuchs mochte sich jedoch nicht einstellen. Katzenschlager aber verzehrte sich regelrecht nach einem Leibeserben, einem Sohn, der das von ihm errichtete Imperium dereinst übernehmen, ausweiten und zu ungeahnter Pracht und Herrlichkeit führen würde.
An ihm lag es nicht. An ihm konnte es gar nicht liegen. Jeden Freitagabend tat Franz mit der Übellaunigkeit

des Fleischessers, der des kirchlichen Fasttags wegen Fisch zu verzehren gezwungen ist, dem sich sträubenden Weibe kund, daß er gedenke, seiner ehelichen Pflicht genüge zu tun.
Entsprechend groß war beider Freude, als das lustlos betriebene Fortpflanzungsgeschäft zu einem Zeitpunkt, als Katzenschlager bereits mit dem Gedanken schwanger ging, die Verbindung vom örtlichen Bischof annullieren zu lassen, doch noch Früchte trug und sich der Bauch der Frau langsam zu wölben begann. Für die Verhärmte brachen die wohl glücklichsten Monate ihres Lebens an, denn allem Trächtigen widerfährt am Lande traditionell besondere Pflege und Aufmerksamkeit. Mehrmals am Tag erschien Franz am Lager der werdenden Mutter, schob ihr ausgewählte Rindslendenstücke in den Mund, wobei er ununterbrochen das Mantra: „Alles für den Buben! Damit er groß und kräftig wird, der Bub!“ murmelte.
Die Schonfrist währte indes nicht lange, denn das Wesen, das die Hebamme aus Ernestine zog, vermochte Franzens dynastischen Ansprüchen in keiner Hinsicht zu genügen: Die Leibesfrucht war weiblicher Natur. Das Kind hatte nur einen Arm, der andere war ihm von der Nabelschnur abgewürgt worden. Damit nicht genug, war das Gesicht auch noch durch eine Hasenscharte entstellt. Das Kind war, soviel stand für Katzenschlager fest, eine Fleisch gewordene Herabsetzung und Verhöhnung seiner selbst.
Er tobte, wie er noch nie getobt – und die Existenz von Frau und Tochter wäre eine ausgelöschte gewesen, wenn

die Hebamme nicht die Geburtszange ergriffen und den Wütenden beherzt aus dem Zimmer der Wöchnerin vertrieben hätte. Ernestine tat gut daran, still und leise an den Folgen der Geburt zu verscheiden.
Es erwies sich als unmöglich, das Balg jemand anderem unterzuschieben. Sogar die Eltern der Verblichenen wehrten, nachdem sie die Enkelin in Augeschein genommen hatten, das Ansinnen, sie in Pflege zu nehmen, entsetzt ab. Schließlich erbarmte sich eine fromme, fehlsichtige Magd, deren einziges Vergnügen im täglichen Besuch der Abendmesse bestand, des Menschleins.
Dem Zorn des Vaters zum Trotz erwies sich das auf den Namen Bertha getaufte Unglück als Säugling, der prächtig gedieh. Es schien, als wüchse er auf Kosten der väterlichen Substanz. Während die Tochter stattlich wurde und vor Kraft regelrecht strotzte, verfiel Franz mehr und mehr. Nach und nach zog er sich aus den zahlreichen innegehabten Würden zurück, demissionierte als Gemeinderat, dechargierte als Vorsitzender der Liedertafel Frohsinn, stellte seine Funktion im Kirchenrat zur Verfügung. Selbst auf die einst so geliebten Besuche von Stechviehauktionen begann Katzenschlager zu verzichten.
Er, der geistige Getränke immer gemieden, er, der als Inbegriff des Fleißes gegolten hatte, vernachlässigte nun die Geschäfte und ertränkte seinen Kummer in mehr Alkohol, als ihm gut tat.
Das Mädchen selbst wurde, wie am Lande bei Objekten der Scham üblich, in einer der Straße abgewandten Kammer gehalten. Zwar mangelte es im Dorf nicht an

Versuchen, die das Kind betreuende Magd zu bestechen, um der Mißgeburt ansichtig zu werden, doch blieb diese standhaft und hielt sich strikt an den Befehl, die Schande zu verbergen. So wuchs Bertha in ihren ersten Lebensjahren von der Umwelt weitgehend isoliert heran. Da sie ihre Tage in der Gegenwart einer tief gottesfürchtigen Frau verbrachte, beherrschte sie bereits im zarten Alter von Drei alle gängigen Gebete im Schlaf.

Die Segnungen der allgemeinen Schulpflicht brachten eine gewisse Verbesserung für das soziale Leben des Mädchens mit sich. Bertha profitierte von dem Umstand, unter dem speziellen Schutz des Pfarrers zu stehen, auch gewöhnten sich die Mitschüler rasch an ihren Anblick. Daneben entwickelte sie trotz ihrer körperlichen Behinderung ein beträchtliches Geschick beim Zerteilen von Fleisch. Den Gram des Vaters vermochte diese praktische Fähigkeit nicht wesentlich zu lindern. Mit zehrendem Haß brütete er in seiner Stube über dem Hochzeitsbild, auf dem das Gesicht der Gattin ausgekratzt war.

Nicht nur um das Reich Katzenschlagers stand es schlecht bestellt. In Sarajewo war eine Kugel in den Leib des Thronfolgers gedrungen. Obwohl dieser von mehr als gewöhnlicher Fülle gewesen war, widerstand er dem Projektil nur schlecht.

Der bedauerliche Zwischenfall hatte freilich auch sein Gutes, denn die der Kriegserklärung an Serbien nachfolgende Mobilisierung weckte in Katzenschlager Energien, die niemand mehr für möglich gehalten hatte.

Die Mitglieder der Musterungskommission staunten nicht schlecht, als ihnen Katzenschlager den vom Leben gezeichneten, bresthaft gewordenen Leib zur Beschau darbot. Ein Herr im weißen Kittel taxierte die traurige Gestalt, ignorierte ihren flehentlichen Blick und befand sie als ungeeignet zum Dienst an der Waffe.

Der Mann, der in dieser Nacht nach Hause taumelte, schien innerlich mit seiner Existenz abgeschlossen zu haben. Daheim erwartete ihn nichts Gutes. Aus der oberen Kammer, in der die Tochter hauste, drang noch schwaches Licht. Auch konnte man Geräusche vernehmen, die geeignet waren, den Vater aufs tiefste zu beunruhigen. Er trat näher – die Geräusche wurden lauter, sie ließen an Eindeutigkeit nichts zu wünschen übrig – und rüttelte, vom Jähzorn übermannt, an der Tür.

„Mach sofort auf Bertha, hörst du, augenblicklich öffnest du die Türe!“

In der engen Dachschräge wichen die Klänge der Lust

den Dissonanzen ängstlicher Betriebsamkeit, als die Tochter unter starker Lärmentwicklung versuchte, den Liebhaber zunächst aus dem Bett, dann aus dem Fenster zu bugsieren. Katzenschlager fühlte einen stechenden Schmerz in der Brust, dann sank er langsam zu Boden. Es verging geraume Zeit, ehe die Kammertür geöffnet wurde und den Blick auf eine sichtlich erhitzte Bertha freigab. Die Tochter besah den zu ihren Füßen Liegenden eingehend, zögerte, stellte schließlich die Frage, ob dem Herrn Vater unwohl wäre. Da sie keine Antwort erhielt, tastete sie mit dem Fuß nach dem Regungslosen. Das Ausbleiben einer Reaktion zeigte ihr, daß von dieser Seite keine Bedrohung mehr zu erwarten war. Sie eilte zurück, trat ans Fenster und gurrte ein zärtliches „Ferdinand, Ferdl!" in die laue Sommernacht.

Franz befand sich im Bett, als er erwachte. Es roch nach Kampfer und er fror entsetzlich, doch fror nur die linke Körperhälfte, die rechte war wie taub. Er vernahm die Stimme der Tochter, welche ihm bar jeder Anteilnahme mitteilte, daß er einen Schlagfluß erlitten habe und künftig auf ihre Pflege angewiesen sei.

„Natürlich wird sich auch mein zukünftiger Mann, der Ferdl um dich kümmern", fügte sie sachlich hinzu. Katzenschlager umfing eine barmherzige Ohmacht. Bertha tänzelte fröhlich aus der Kammer.

Sie lachte viel in den kommenden Wochen. Erstmals in ihrem Leben brach für Bertha eine Zeit beglückender Leichtigkeit an in der kein Tag verging, an dem sie nicht neue Quälereien für Franz ersann, die ihr, untermalt von Franzens Konvulsionen außerordentlichen Genuß zu

bereiteten schienen. Doch der Glücksstrom aus dem Füllhorn der Götter versiegte mit unbarmherziger Schnelligkeit. Ferdinand war zwar ein Mann, dem gewisse animalische Qualitäten nicht abgesprochen werden konnten, allerdings mangelte es ihm an all jenen Fähigkeiten, die für die Führung einer Fleischhauerei unerläßlich sind. Bald erschienen dunkel gekleidete Herren, die von Trichinen, Schulden, Hypotheken und einer unumgänglich gewordenen Zwangsversteigerung sprachen. So fanden sich die beiden Turteltauben keine sieben Monate nach Kriegsausbruch dort, wo die Faistenzecks gemeinhin ihr Leben beschlossen – im dörflichen Armenhaus.
Bertha war beim Einzug in das Asyl in guter Hoffnung. Man wies ihr eine Kammer im Dachboden zu, die, was Größe und Ausstattung betraf, in verblüffender Weise jener Unterkunft glich, in der sie den Großteil ihres Lebens zugebracht hatte. Freilich mit dem Unterschied, daß sie nun genötigt war, die armselige Behausung mit Franz und Ferdinand zu teilen. Für den Vater fand sich bereits kurz nach dem Einzug eine alternative Wohnmöglichkeit; im Keller auf einem Fuder Stroh. Obgleich es dort dermaßen feucht war, daß das Wasser von den Wänden troff, erwies der alte Katzenschlager eine jedermann erstaunende Zähigkeit. Es schien, als berge seine Vergangenheit Geheimnisse von einer Düsternis, die ein Höchstmaß an Buße zu Lebzeiten rätlich erscheinen ließ. Kümmerlich mit Abfällen genährt, von Schmerzen und Todesangst geplagt, siechte er qualvoll dahin.

Sein Tod kam überraschend. Das Leichenbegängnis war denkwürdig, denn die Sperrholzkiste, in der er seine letzte Reise antrat, mochte so gar nicht zu der pompösen Gruft passen, die er, viele Jahre zuvor, am Höhepunkt seines beruflichen Erfolges erworben hatte. Im Schatten des Grabsteins, eines Monuments neureichen Größenwahns, predigte der Pfarrer über die Vergänglichkeit und Nichtigkeit irdischer Existenz unter besonderer Berücksichtigung der Todsünden, die nur zu oft Gottes gerechten Zorn provozieren. Hochwürden flehte gerade den Schutz der unbefleckten Jungfrau auf ihren toten Diener Franz herab, als die Fruchtblase platzte und Berta sich anschickte, neben dem Grab niederzukommen. Man schaffte sie mit knapper Not in die Sakristei, wo sie, begleitet von unheiligen Flüchen, in denen leitmotivisch durchklang, daß sie Ferdinand niemals in ihre Kammer gelassen, wenn sie geahnt hätte, mit welchen Schmerzen eine Geburt verbunden sei, eines Sohnes genas. Da der Tag, an dem das Kind durch die Taufe in die Gemeinschaft der Christen aufgenommen wurde, einem minder bedeutenden Kirchenvater namens Aloysius geweiht war, nannte man es Alois.

Das Vertrauen des Hauses Habsburg, daß Gott der Allmächtige seinem *tapferen und von hingebungsvoller Begeisterung erfülltem Heer* den Sieg verleihen werde, erfüllte sich nicht. Ehe sich die Erkenntnis in den Köpfen durchsetzte, daß der Waffengang ein verlorener war, zogen einige Jahre ins Land.

Wenige Tage, nachdem China Österreich-Ungarn den Krieg erklärt hatte, sah sich Ferdinand mit der Aufforderung konfrontiert, seiner Pflicht gegenüber Thron und Altar nachzukommen.

Er buchstabierte sich mühselig durch den Einberufungsbefehl und es war nicht die Plage des Lesens allein, die ihn mißmutig stimmte. Zwei seiner Brüder ruhten bereits im granatdurchpflügten Feld der Ehre, an Orten, die er nicht einmal recht auszusprechen vermochte. In den Benachrichtigungen, die ihm von deren Heldentod unterrichteten, war von einem schnellen, schmerzlosen Ende die Rede gewesen. Nicht, daß ihm ihr Tod sonderlich nahe gegangen wäre. Doch verspürte Faistenzeck nicht die geringste Lust, in Erfüllung der schwersten und edelsten Bürgerpflicht einen rühmlichen Soldatentod zu finden.

Er ging zum Dorfbrunnen, drehte sich eine Zigarette und überlegte.

Ein Beinloser rollte in einem lieblos zusammengeschusterten Wägelchen heran. Ob der Kamerad so gut wäre, ihm ein wenig Knaster abzutreten? Ferdinand reichte ihm

die getrocknete Schweinsblase, in der er seine Vorräte aufbewahrte.
Der Krüppel nestelte eine abgebissene Pfeife aus seinen Uniformlumpen, stopfte sie, setzte sie umständlich in Brand. Sie rauchten schweigend.
„Ein scheußliches Kraut“, meinte der Invalide schließlich. „Was ist denn das um Himmels willen für eine Mischung?“
„Adlerfarn, Buchenlaub, Hanf, Hopfen, Huflattich, Landtabak. Es ist Krieg.“
„Nein wirklich? Was du nicht sagst.“
„Wie ist es denn so im Krieg?“, wollte Ferdinand wissen.
„Herrlich. Schau mich an.“
Ferdinand zog die Stellungsaufforderung aus der Tasche.
„Entschuldige bitte, es ist nur so, ich soll da nämlich auch hin. Und natürlich will ich da nicht hin, in den Krieg und da hab’ ich mir gedacht, vielleicht kannst du mir einen Rat geben, was man da machen kann, daß man nicht dorthin muß.“
Der Beinlose betrachtete ihn eingehend.
„Ich fürchte, man kann gar nichts machen. Du scheinst mir zu jung und kräftig zu sein als daß man da etwas machen könnte. Ja, wenn die eine oder andere Kleinigkeit fehlen würde … Der rechte Zeigefinger etwa. Der rechte Zeigefinger wäre gut. Ohne Zeigefinger ist schlecht schießen.“ Sprach’s und rollte hustend davon.
Der Rekrut wider Willen kehrte niedergeschlagen zum Armenhaus zurück. Er öffnete die Tür zur Dachkammer.

Das Kind schlief, Bertha stocherte, ihm den Rücken zugewandt, apathisch in einem Haufen schwarzfleckiger Rüben. Das Bild erinnerte ihn an seine Kindheit und er fühlte, wie ein Gefühl tiefer Verzweiflung sich seiner bemächtigte. Schamrot lief er die Treppen hinunter und verkroch sich im Holzschuppen. In seinem denkungewohnten Kopf arbeitete es fieberhaft. Vielleicht wäre es doch besser in den Krieg zu ziehen? Was lag schon an seiner nichtswürdigen, erbärmlichen Existenz? Er, der nicht einmal in der Lage war, für den Unterhalt von Frau und Kind Sorge zu tragen.
Dann kam ihm der Invalide im Wägelchen in den Sinn. Das Leben als Krüppel beenden? Auch diese Option vermochte nicht recht zu locken. Der Blick fiel auf die Axt. Die eine oder andere Kleinigkeit, hatte es geheißen. In einem Anfall uncharakteristischen Mutes zwang er seine Rechte auf den Hackstock, streckte den Zeigefinger aus und hieb zu.
Angelockt vom Gebrüll eilten einige Armenhäusler herbei. Ferdinand lag am Boden und schrie. Dort, wo einst der Finger gewesen war, quoll nun Blut. Ein von der Last der Jahre gebeugtes Weiblein, das im Ruf stand, sich aufs Heilen zu verstehen, wurde gerufen. Es zog einen schmierigen Beutel hervor, dem es eine Handvoll Kräuter entnahm. Der Zerkleinerungsprozeß derselben gestaltete sich, bedingt durch die Zahnlosigkeit der Greisin als langwierig. Geheimnisvolle Beschwörungen murmelnd, strich die Alte den gewonnenen Brei auf einen Lappen, den sie fest um den heftig blutenden Fingerstumpf wickelte.

Es ist müßig darüber zu spekulieren ob es die Kräuter oder die Beschwörungen waren, die ihre Wirkung taten – fest steht, daß die Wunde schnell verheilte. Faistenzeck fuhr in gehobener Stimmung zur Musterung, erfüllt von der Gewißheit, daß der Kelch der Tauglichkeit an ihm vorübergehen werde.

Wegen des kriegsbedingten Ärztemangels fand die Assentierung unter der Ägide eines pensionierten Veterinärmediziners statt. Dieser, der lange Jahre das unappetitliche Geschäft der Fleischbeschau im Landkreis innegehabt hatte, war über seine neue Aufgabe sichtlich erfreut. Er befahl den Angetretenen sich zu entkleiden und begann jeden einzelnen mit Hingabe abzugreifen. Das Hauptaugenmerk der Untersuchung lag in der eingehenden Betastung von Genitalien und Anus. Ferdinand, der mit Schrecken wahrgenommen hatte, daß von einem augenscheinlichen Zwitter einmal abgesehen, ausnahmslos alle vor ihm Gemusterten für tauglich befunden worden waren, bedeckte, als die Reihe an ihn kam, sein Geschlecht mit der lädierten Hand.
„Hand weg!“ fauchte der Tierarzt.
„Herr Doktor, ich …“
„Ja sind sie denn taub?!“
Eingeschüchtert tat Faistenzeck wie ihm geheißen. Was der Viehbader zu sehen bekam, war gewaltig. Es drängte ihn, den wunderbaren Anblick zeitlich so weit auszudehnen, wie es die Grenzen der Schicklichkeit gestatten.
„Sie wollten etwas sagen, mein Sohn? Nur frisch heraus damit!“

Des Arztes Stimme klang jetzt sehr milde. Ferdinand schöpfte Mut.
„Herr Doktor, es ist nämlich so, es ist nicht so, daß ich da nicht hin will, in den Krieg, aber ich fürchte, ich kann da nicht hin, weil ich habe nämlich beim Holz machen daneben gehackt und jetzt fehlt mir ein kriegswichtiger Finger."
Faistenzeck wedelte aufgeregt mit der Hand. Der Mediziner änderte den Blickwinkel sichtlich widerwillig. Er begutachtete den Zeigefingerstumpf der rechten Hand mit unverhohlenem Desinteresse.
„Und?"
„Ja, aber der Abzug! Wie soll ich denn am Abzug ziehen?" rief Faistenzeck in höchster Panik. Der Arzt schnitt eine verächtliche Grimasse.
„Papperlapapp! Feiger Gedanken/Bängliches Schwanken/Weibisches Zagen/Ängstliches Klagen/Wendet kein Elend/Macht dich nicht frei. Goethe!
Wenn Ihnen etwas fehlt, dann ist es Zucht! Es ist doch nur natürlich, daß euch Landvolk immer der eine oder andere Finger verlustig geht! Ihr seid eben ungeschickte Tölpel. Um nichts besser als dieses Fabrikproletariat in der Stadt, dem auch alle Augenblicke irgendein Körperteil in einer Maschine gerät."
Er warf einen gierigen Abschiedsblick auf Faistenzecks Ausstattung und wandte sich dem Nächsten zu.

War man seines Lebens nicht überdrüssig, stellte es zu keiner Zeit ein Vergnügen dar, des Kaisers Rock zu tragen; das militärische Unvermögen des Erzhauses hatte nicht seinesgleichen in der Welt. Im Frühjahr 1918 hätte es selbst Kaiser Karl bewußt sein müssen, daß das Glück Österreichs Waffen nicht mehr begünstigen würde. Dennoch lief alles weiter wie bisher. In Wien sandte der allerhöchste Kriegsherr in den acht gängigsten Sprachen der Monarchie inbrünstige Gebete zum Himmel, während an den Fronten seine Truppen verbluteten.
Ferdinand, den man nach einer kurzen Grundausbildung dem 11. Gebirgs-Artillerie-Regiment zuteilte, das im Süden eingesetzt war, bedauerte bereits am ersten Tag sich nicht mehr abgehackt zu haben als nur den Zeigefinger. Sein unmittelbarer Vorgesetzter, ein frischgebackener Leutnant, machte die Neuzugänge in einer kurzen Ansprache darauf aufmerksam, er erwarte sich von jedem Einzelnen hervorragend tapferes Verhalten, Ruhe, Kaltblütigkeit und heroische Opferwilligkeit. Er sprach ein auffällig korrektes Hochdeutsch und war Ferdinand von Beginn an herzlich unsympathisch. Dann verschwand der Leutnant in seinem Quartier, um zum 78. Male Tolstois kurze Darlegung des Evangeliums zu lesen.

Seine erste Nacht im Gebirge verbrachte Ferdinand in einem Gerölloch. Die Kälte drang durch die aus Ersatzstoffen gefertigte ärarische Decke, der Hunger verursachte

ihm Pein. Er fühlte sich elend wie selten zuvor: Das Essen hatte aus einer Handvoll Dörrgemüse bestanden. Der Leutnant erklärte, daß die Welt in Tatsachen zerfalle. Was der Fall sei, sei Tatsache, sei das Bestehen von Sachverhalten. In ihrem Fall bestehe der Sachverhalt, daß sich die feindlichen italienischen Richtschützen schon recht nah auf die Stellungen, in denen sie sich befänden, eingeschossen hätten. Deshalb erachte er es als wenig rätlich, dem Gegner durch Entfachung eines Feuers einen exakten Hinweis auf die eigene Position zu geben. Dies habe zur Folge, daß keine wärmende Suppe gekocht werden könne. Daß der Feind morgen seinen Beschuß einstellen würde, sei eine Hypothese und das hieße, daß er nicht wisse, ob es morgen eine warme Suppe geben würde. Zwar werde es nach allen Gesetzen der Logik dadurch wegen Entkräftung zu Ausfällen bei der Mannschaft kommen, doch seien diese geringer zu veranschlagen als jene, die durch einen Granateneinschlag entstünden.
Als Ferdinand am nächsten Morgen aus unruhigen Träumen erwachte, fiel sein erster, noch schlaftrunkener Blick auf den Leutnant, der vor ihm im Schneidersitz am Boden saß. Auf seinem Schoß lag ein großes schwarz-grün gestreiftes Geschäftsbuch, in das er mit konzentrierter Miene Gedankenbruchstücke notierte. Faistenzeck räusperte sich zaghaft.
„Ich hoffe“, sagte der Leutnant ohne sein Notat zu unterbrechen, „Sie durch meine Gegenwart nicht zu insultieren. Doch benötige ich für meine Arbeit ein größtmögliches Maß an Ruhe und es scheint, daß Sie in dieser Gebirgskanonenbatterie der Einzige sind, der

nicht mit dem Makel des Schnarchens behaftet ist. Darüber hinaus freut es mich, daß Sie noch vor der eigentlichen Tagwache, die im Sommer in der Regel um 5 Uhr, im Winter um 6 Uhr früh angesetzt ist, erwacht sind. Durch dieses Benehmen geben Sie ein leuchtendes Beispiel soldatischer Pflichttreue und Pflichterfüllung. Wie heißen Sie?"
Ferdinand nannte seinen Namen.
„Faistenzeck also. Er ist ein guter Mann, Faistenzeck. Den Namen wird man sich merken müssen." Er klappte das Buch zu und erhob sich. Seinen Bewegungen haftete eine beinahe unwirkliche Eleganz an.
Kurz darauf blies der Regimentstrompeter das Wecksignal. Der letzte Ton war kaum verklungen, als feindliches Artilleriefeuer einsetzte. Einem inneren Erhaltungstrieb folgend, versuchten einige, darunter Ferdinand, sich abzusetzen. Sie kamen nicht weit. Der Leutnant erwartete die Fliehenden hinter der nächsten Wegbiegung mit gezückter Pistole.
„Meine Herren", meinte er, „ich darf davon ausgehen, daß Sie während Ihrer Grundausbildung mit dem Dienstreglement vertraut gemacht wurden."
Ein Geschoß schlug in unmittelbarer Nähe ein. Alle warfen sich auf den Boden, lediglich der Offizier blieb stehen.
„Meine Herren, ich darf aus dem Dienstreglement 1. Teil Punkt 18, ‚Verhalten vor dem Feinde' zitieren: Wer in entscheidenden Augenblicken zaghafte Reden führt, Waffen oder Munition wegwirft, den Gehorsam verweigert, sich eigenmächtig dem Gefechte zu entziehen

sucht oder plündert, wird zum warnenden Beispiele vom Truppenkommandanten beziehungsweise vom einschreitenden Vorgesetzten selbst oder auf dessen Befehl unverzüglich niedergemacht. Soldaten, die ..."
Der neben Faistenzeck Liegende, ein ausgemergelter Knabe von18 Jahren verlor die Beherrschung.
„Dann schieß doch!"
Der Leutnant schoß. Der Schädel des Knaben barst. Dann fuhr er mit nervenzerfetzender Ruhe fort:
„Soldaten, die sich ohne äußerste Gegenwehr gefangen nehmen lassen, werden, wenn ihnen Feigheit zur Last fällt, auf das strengste bestraft. Nur wer durch Verwundung kampfunfähig ist, darf sich aus dem Gefechte entfernen. So weit zu Punkt 18. Ich möchte Sie über einen weiteren Terminus aus dem Dienstreglement aufklären, über den ihr toter Kamerad nicht ausreichend informiert gewesen zu sein scheint: Die Subordination. Darunter versteht man die Pflicht des unbedingten Gehorsams, welchen jeder Untergebene seinen Vorgesetzten und auch jeder Niedere den Höheren – sobald diese die Befehlgebung ergreifen – zu leisten schuldig ist. Da es sich beim heutigen Tage um ihre Feuertaufe handelt, scheint mir eine gewisse Milde angebracht. Ich werde es daher bei dem einen Exempel belassen. Sobald es die Lage zuläßt, ist die Folge desselben von Ihnen ohne militärische Ehrbezeichnung zu beerdigen. Danach entnehmen Sie Ihrem Tornister Handtuch und Seife und unterziehen sich einer gründlichen Reinigung. Die neben dem Exekutierten liegenden Herren möchte ich zudem ersuchen, die Feldbluse zu wechseln. Erfahrungsgemäß

wirkt sich solcherart besudelte Kleidung nicht günstig auf die Kampfmoral der Truppe aus. Anschließend melden Sie sich bei mir zum Rapport."
Das aschfahle Häuflein tat wie ihm geheißen. Sie verscharrten den Toten an Ort und Stelle und mühten sich, über ein dünnes Rinnsal gebeugt, der Anordnung ihres Vorgesetzten Folge zu leisten. Ein, wie sich zeigen sollte schwieriges Unterfangen, denn die Waschkraft der Kriegsseife erwies sich als gering. Es dauerte geraume Zeit, bis Ferdinand Blut und Gehirnpartikel seines unglücklichen Nachbarn abgewaschen hatte. So kam es, daß er als Letzter in die Unterkunft des Leutnants schlich. Er machte Meldung, verharrte in Habachtstellung und war bemüht, sein Zittern, das nicht ausschließlich von der Kälte herrührte, zu unterdrücken. Der Vorgesetzte bedachte Ferdinand mit einem langen prüfenden Blick, ehe er ihm gestattete bequem zu stehen.
„Ich will Ihnen nicht verhehlen, daß ich von Ihrem Verhalten unangenehm berührt, um nicht zu sagen enttäuscht bin. Gerade von Ihnen hätte ich mir mehr erwartet. Ihrer Mundart zufolge stammen Sie aus dem Oberösterreichischen, Faistenzeck. Ich besuchte die Realschule in Linz, vermeinte daher den ob der Enns ansässigen Menschenschlag zu kennen. Ich scheine mich geirrt zu haben und ich irre nicht gerne, da es mich irritiert. Stellt sich die Frage: Was machen wir mit Ihnen? Von Rechts wegen gehören Sie vor ein Peloton."
Faistenzeck glotzte ihn mit blödem Auge an.
„Unter Peloton versteht man ein Erschießungskommando", erklärte der Vorgesetzte.

Ferdinand fiel auf die Knie und winselte um Gnade. Der Leutnant riß ihn hoch, versetzte ihm zwei Ohrfeigen. „Sie können sich diese orientalische Unterwürfigkeit sparen. Das beeindruckt mich nicht im Geringsten. Es sollte Ihnen bekannt sein, daß alle Verhandlungen beim Rapporte mit Ernst, Mäßigung, Würde und militärischem Anstand geführt werden. Dienstreglement, § 29, 229."
Ferdinand schlug die Hände vors Gesicht. Der junge Offizier bemerkte den fehlenden Finger und fühlte, wie eine tiefe Irritation sich seiner bemächtigte. Er ließ sich jedoch nichts anmerken, forderte Faistenzeck lediglich auf, augenblicklich seine Hände aus dem Gesicht zu nehmen und Haltung anzunehmen. Dann verurteilte er ihn zu zwei Wochen verschärftem Arrest.
Im Nachhinein sollte sich die ausgefaßte Strafe für die Fahnenflüchtigen als Segen erweisen. Was machte es schon, daß sie in einer unkomfortablen Höhle saßen, die man als behelfsmäßiges Gefängnis adaptiert hatte und jeden zweiten Tag sechs Stunden lang in Spangen geschlossen wurden. Was tat es, daß das Tabakrauchen untersagt, als einzige Kurzweil die Lektüre von Dienstreglement und Bibel gestattet war? Draußen tobten Kämpfe von apokalyptischem Ausmaß. Aus der Nebenkaverne, die als Verbandsplatz diente, drang das Gebrüll der Verwundeten, die nach Mutter, Priester und Fangschuß schrieen. Verglichen mit der Außenwelt erschien die Situation der Arrestanten geradezu paradiesisch. Die zur Wache abkommandierten Soldaten unterhielten Tag und Nacht ein Feuer, das das Verlies angenehm temperierte und erhellte. Sie waren froh, durch ihre Aufgabe dem

Frontgeschehen entzogen zu sein und gewährten den Gefangenen das Privileg, in einem blechernen Geschirr Suppe zu kochen. Diese dankten es ihnen mit mustergültiger Disziplin. Sie vertrieben sich die Zeit, indem sie wahre Orgien an Magenonanie betrieben. Ferdinand erwies sich als talentierter Vortragender, er vermochte stundenlang über die Zubereitung von Blut-, Leber-, Brat-, Brägen-, Kopf-, Knack-, Magen- und Preßwürsten zu erzählen.

Daneben frönten sie dem Glücksspiel. Einem der Malefikanten, ein pfiffiges Kerlchen mit Rattengesicht namens Fips, war es gelungen, dem Feldkurat einen Packen Heiligenbildchen abzuschwatzen. In einem beispiellosen Akt der Säkularisierung wurde aus Jesus die Königskarte, aus Maria die Dame, aus dem heiligen Martin der Bube.

Das Ende der Haft kam überraschend, die Troglodyten hatten jedes Zeitgefühl verloren. Die Karten waren eben neu gemischt, verteilt und aufgenommen worden, als der Leutnant in Begleitung des Geistlichen eintrat.

„Sehen Sie nur“, rief der Feldkurat. In seiner Stimme schwang Entzücken mit. „Sehen Sie doch nur! Ein Wunder! Alle, alle beten! Vom Gesichtspunkt der Volksfrömmigkeit muß dieser Krieg als segensreich bezeichnet werden!“

Das Rattengesicht, eben im Begriff eine Dame auszuspielen, war geistesgegenwärtig genug, ein Gebet anzustimmen. Seine Kumpane stimmten in die Litanei ein: „Maria, zu dir eilen wir/ Um deine Hilfe flehen wir!/ Versag’ uns deinen Beistand nicht/ Und bring vor Gottes

Angesicht/ All unsre Bitten liebreich hin/ Du gnadenvolle Helferin."
Sie verstummten und warfen glaubenssatte Blicke in die Richtung des Geistlichen. Der Feldkurat nickte ermutigend.
„Weiter, ihr braven Soldaten Christi! Fahrt fort!"
„Im Leben sowie einst im Tod/ Verlaß uns nicht, o Königin/ Du liebevolle Helferin!/ Wir wollen deine Kinder sein/ Durch Tugendwandel dich erfreun'/ Und ehren dich mit Lobgesang/ Aus tiefsten Herzen lebenslang", leierten die Soldaten Christi.
Der Feldkurat wandte sich strahlend an seinen Begleiter.
„Die Spitzbuben sind gottesfürchtig geworden! Es ist noch Hoffnung in der Welt. Was sagen Sie?"
„*Wie* die Welt ist, ist für das Höhere vollkommen gleichgültig. Gott offenbart sich nicht *in* der Welt", beschied dieser knapp. Das Gesicht des Priesters verfinsterte sich.
„Was soll denn das bedeuten? Muß ich Sie etwa an das Dienstreglement für das kaiserliche und königliche Heer erinnern? Dort steht geschrieben: Die Gottesfurcht ist die Grundlage eines moralischen Lebenswandels und eine Aneiferung zur treuen Erfüllung der Pflicht. § 2, Gottesfurcht. Lernen Sie das Dienstreglement, junger Mann."
Fips bleckte die Zähne und kicherte höhnisch. Die anderen Gefangenen schlossen sich an. Nur Faistenzeck, dessen Verstand den Disput nicht erfaßt hatte, blieb still und blickte erstaunt in die erheiterten Gesichter seiner Kameraden.

Der Leutnant musterte den Haufen mit steinerner Miene. Das Lachen erstarb augenblicklich. Er wandte sich an den Feldkurat.
„Die Kirche, hochehrwürdigster Herr Kurat, insbesondere ihre Vertreter haben das Manko, nicht immer auf der Höhe der Zeit zu sein. Was Sie eben zitierten, stammte aus der Ausgabe vom 6. August 1873. Diese ist nicht mehr in Kraft. Ich darf Sie ersuchen, dies künftig zu beachten."
Aus dem Gesicht des Feldkuraten wich alle Farbe. Er murmelte etwas von dringlichen Pflichten und sah zu, daß er aus der Höhle kam.
Das Rattengesicht bekreuzigte sich. Er ahnte, daß seine Lebensspanne zur Neige ging. Ohne, daß es extra befohlen wurde, richtete sich die Gruppe aus und stand stramm. Sie vernahmen die Stimme des Offiziers wie in Trance.
„Meine Herren, ich hoffe, daß die bisher abgeleistete Strafe ihrer Selbstzucht dienlich war, und Sie ausreichend Gelegenheit hatten, über ihr schändliches Verhalten vor dem Feind nachzudenken. Während Sie Ihren Arrest verbüßten, schlugen Ihre Kameraden in heftigen Abwehrkämpfen die Angriffe der italienischen Streitkräfte zurück. Die Ausfälle an Mannschaft und Material sind hoch, weshalb ich mich nach Rücksprache mit dem Batteriekommandanten dazu entschlossen habe, Ihnen die letzten beiden Tage zu erlassen. Mit Ausnahme von Ihnen" – er deutete auf Faistenzeck – „werden Sie stattdessen an einer Stoßtruppunternehmung teilnehmen. Stoßtruppführer Jünger empfängt Sie draußen. Im

Gleichschritt marsch!“ Die Delinquenten setzten sich in Bewegung.
Faistenzeck blieb mit dem Leutnant zurück. Er erwartete sich von der neuen Konstellation nichts Gutes. Seine Furcht sollte sich ausnahmsweise als unbegründet erweisen.

Ferdinand ging fröhlich pfeifend den Saumweg entlang. Mit jedem Schritt entfernte er sich weiter von der unmittelbaren Gefahr, das Donnern der Geschütze war nur noch undeutlich zu hören. Ganz konnte er sein Glück nicht fassen. Der Leutnant war wie ausgewechselt gewesen. Eine Entschuldigung murmelnd, hatte er Faistenzeck versichert, daß es nicht seinen Gepflogenheiten entspräche, Männer, die sich trotz schwerwiegender Behinderung zum Fronteinsatz einfänden, mit Ohrfeigen zu traktieren. Natürlich wäre Faistenzeck mit sofortiger Wirkung vom Dienst an der Hauptkampflinie dispensiert. Schließlich könne man von jemandem, der nicht in der Lage sei, den Abzug einer Waffe zu betätigen nicht verlangen, dem Feind entgegenzutreten.
In den vergangenen 12 Tagen habe er sich jede gefechtsfreie Minute mit der Frage beschäftigt, wie und wo man Faistenzeck statt dessen einsetzen könne. Ob Faistenzeck Erfahrung im Umgang mit Tieren habe?
Ferdinand, der auf mehrjährige Assistenzeinsätze beim Abstechen von Rindern und Schweinen verweisen konnte, nickte eifrig. Dann glaube er das Einsatzproblem im Wesentlichen gelöst zu haben, meinte der Leutnant befriedigt.

„Sie müssen wissen“, fuhr er fort, „daß der Gebirgskrieg namentlich im Bereich der Nachrichtenübermittlung eine ganze Reihe von Problemen aufwirft. Meldegänger sind langsam, die technischen Möglichkeiten oftmals begrenzt und störanfällig. Eine brauchbare Alternative stellt der Einsatz von Brieftauben dar. Ihre Aufgabe wird nun sein, besagte Tiere in Körben aus der Etappe nach den Stellungen zu bringen, wo wir sie im Bedarfsfalle zurückfliegen lassen. Wir haben das Glück, Herrn Dr. Rudolf in unseren Reihen zu wissen. Er ist ein begeisterter Hobbyornithologe und wird Sie mit allem, was man über Brieftauben wissen muß, vertraut machen.“
Dr. Rudolf, im zivilen Leben Jurist, begann seinen Vortrag mit einem Exkurs über das Reichsgesetzblatt 172, einer Verordnung der Ministerien für Landesverteidigung und der Finanzen im Einverständnis mit dem Kriegsministerium vom 25. Juli 1914 zur Hintanhaltung des Mißbrauches von Brieftauben. Faistenzeck erfuhr, daß Brieftauben nur mit behördlicher Bewilligung gehalten werden können, daß der Transport von lebenden Tauben auf Eisenbahnen, Dampfschiffen und mit der Post lediglich durch die Militärverwaltung gestattet sei, daß Brieftauben nur unter der Aufsicht von hiezu ermächtigten Militärpersonen hochgelassen werden dürfen, daß verbotswidrig gehaltene und verbotswidrig in Verkehr gesetzte Tauben in Beschlag zu nehmen und unverzüglich zu vernichten sind.
Dem juridischen Teil schloß sich ein in der Bibel wurzelnder kulturhistorischer an. „Die Geschichte der Sintflut ist Ihnen aus der Genesis zweifelsohne bekannt.

Rufen Sie sich das Olivenzweiglein im Schnabel des Tieres in Erinnerung! Was lehrt uns diese Episode? Sie lehrt uns, daß sich bereits der Erbauer der Arche, Noah, einer Taube bediente, um Informationen zum Wasserstand zu erlangen! Unter diesem Aspekt ist es wenig verwunderlich, daß die Taubenvögel bei allen antiken Kulturvölkern eine herausragende Stellung einnahmen. Bei den Assyrern sind sie der Ishtar heilig, die Griechen weihten sie der Aphrodite. Was erschließt uns dies?!"
Dr. Rudolf, sichtlich von der eigenen Rede entzündet, erwartete keine Antwort.
„Es erschließt uns, daß die Taube als Prinzip des Weiblichen, der Fruchtbarkeit, des Entstehens angesehen wurde."
Ferdinand dachte an Bertha. Er wirkte absent.
„Sie sind irritiert, mein junger Freund? Offen gestanden, ich war es auch, als ich erstmals in die Materie eingedrungen bin. Denn – das Gelege ist, verglichen mit anderen Vögeln, vergleichsweise klein. Zwei Eier, nicht mehr. Die Jungen schlüpfen als blinde Nesthocker und werden die erste Zeit mit einer Ausscheidung des Kropfes, der so genannten Kropfmilch genährt. Aber das gehört nicht hierher. Nein, rein naturwissenschaftlich läßt sich die Fruchtbarkeitssymbolik nicht herleiten. Aber irgend etwas scheint die Altvorderen bewogen zu haben, die Taube mit diesem Attribut zu versehen. So auch im Katholizismus. Ich erinnere an die Heilige Jungfrau Maria, die Jesus vom Heiligen Geist empfing, der gemeinhin als Taube dargestellt wird. Die christliche Version von Leda mit Schwan, gewissermaßen."

Es klopfte an der Tür des Unterstandes. Dr. Rudolf, erbost über die Unterbrechung seiner Ausführungen, knurrte ein unwirsches: „Herein!“
Der Leutnant trat ein. Er verwies auf den Umstand, daß es wünschenswert sei, Faistenzeck schnellstmöglich auf den Weg in die Etappe zu schicken, da das Regiment über keine funktionierende Kommunikationsmöglichkeit mehr verfüge und die Munitionsbestände zur Neige gingen. „Jetzt schon?“, empörte sich Rudolf. „Aber wir stehen erst am Anfang! Mit diesen Wissensdefiziten kann der junge Mann doch unmöglich …“
„Er kann“, unterbrach der Leutnant. „Er kann durchaus als Taubenträger eingesetzt werden.“
Dr. Rudolf knirschte mit den Zähnen. Dann wandte er sich an Ferdinand. „Sie dauern mich. Mit diesem rudimentären Wissen eine solche Aufgabe, ts, ts…
Gestatten Sie, daß ich Ihnen wenigstens die letzten Ausgaben der Mitteilungen des Verbandes deutscher Brieftaubenliebhaber mit auf den Weg gebe. Der Verband hat sich seit seiner 1884 in Essen erfolgten Gründung allergrößte Verdienste erworben. Studieren Sie seine Mitteilungen mit Sorgfalt und leben Sie wohl!“

Es mag wenig überraschen, daß Ferdinands Einsatz als Käfigträger das Kriegsgeschehen an der Südfront nicht mehr zu wenden vermochte.
Zwar versah er seine Aufgabe ohne zum geringsten Tadel Anlaß zu geben, pendelte mit Eifer zwischen Front und Etappe, widerstand auch der Versuchung, die Tiere zur eigenen Sättigung einzusetzen. Das Ungleichgewicht der Kräfte war jedoch zu groß. Am dritten November 1918 geriet Faistenzeck bei Trento in italienische Gefangenschaft.
Der Krieg hatte auch beim Leutnant Spuren hinterlassen. Beim Eintreffen der Italiener saß er auf einer Geschützlafette und pfiff den zweiten Satz von Beethovens 7. Symphonie. Zwei kräftezehrende Monate später, nach Zwischenstationen in Verona und Como landete das Regiment beziehungsweise das, was davon übrig war, in einem Campo di Concentramento nächst Monte Cassino.
Das Lagerleben brachte eine Reihe von Unannehmlichkeiten. Mehr noch als vom Hunger, wurden die Gefangenen von zerquälender Langeweile geplagt, die sich in einem empfindlichen Nachlassen der Disziplin niederschlug. Die ersten Verstöße gegen die althergebrachte Ordnung beobachteten die Offiziere mit verständlicher Sorge, waren jedoch uneins, wie man ihnen begegnen könne.
Der Leutnant plädierte dafür, die überschüssigen Energien der Mannschaften durch einen geregelten Schul-

unterricht zu kanalisieren. Sein Vorschlag stieß auf vehemente Ablehnung: ein Offizier, so der allgemeine Tenor, sei auch in feindlichem Gewahrsam immer noch ein Offizier und kein Volkschullehrer.
Frenetischen Zuspruchs erfreute sich hingegen die Exerzierfraktion. Sie wurde von einem blasierten Kerlchen namens Hesselbart angeführt, der sich auf sein kaum sechs Monate altes Adelsprädikat nicht wenig einbildete. Baron Hesselbart argumentierte, daß man die Folgen des unseligen Brauches, breite Volksgruppen zu alphabetisieren am gegenwärtigen Zustand Österreichs nur zu gut beobachten könne.
„Republik!", rief er angewidert aus. „Woher kommen denn solcherne blöden Ideen? Vom Lesen! Die Leut lesen solcherne blöde Sachen, Programme, Traktate, was weiß ich und nachher samma Republik. Und den Adel haben's auch abgschafft. Ja was bitte noch? Am End' den Kaiser auf eine Insel? Ich sag euch, wenn man weniger gelesen und mehr darauf g'schaut hätt, den Leuten die Feinheiten des Exerzierreglements beizubringen, dann hätt' ma den Krieg auch nicht verloren."
Seine Philippika wurde im Kreise begeistert aufgenommen.
Das baroneske Beschäftigungsprogramm scheiterte mit außergewöhnlicher Heftigkeit. Zwar gelang es die murrenden Mannschaften am nächsten Tag am Exerzierplatz antreten zu lassen, doch schritten, kaum hatten Regimentstambour, Regimentstrompeter und Regimentshornist die ersten Takte der heimlichen österreichischen Hymne, des Radetzkymarsches nämlich, angestimmt,

wild gestikulierende italienische Sicherheitskräfte ein und machten dem Spektakel ein Ende.
Nun muß man wissen, daß zu jener Zeit italienischen Ohren nur wenig verhaßter klang als eben jener Marsch. Radetzky war eine schwärende Wunde in der an Verletzungen reichen Volksseele Italiens. Jede Erinnerung an den österreichischen Feldmarschall war den Italienern geradezu unerträglich. Denn es war Radetzky gewesen, der ihre nationalen Einigungsbemühungen um Jahre verzögert hatte. Der als 82-jähriger vor jeder Schlacht seinen Soldaten aus zahnlosem, nassem Munde die beim Feinde Schrecken auslösenden Worte: „Ein letztes Mal verhelft eurem greisen Feldmarschall zum Sieg!" zurief. Und jedes Mal, ganz gleich ob bei Santa Lucia, Custozza, Mortara oder Novara waren die Italiener auf das entsetzlichste geschlagen worden, denn die Worte der Alten haben in Österreich Gewicht. Besiegt von einem sabbernden Hühnerhund – eine klassische porcheria tedesca. Hannibal – ja. Dessen Siegen hatte zumindest antike Größe angehaftet. Radetzky – nein. Radetzky hatte wie ein Elefant im Selbstbewußtsein Italiens gewütet.
Die Lagerleitung verfügte, daß alle an der Aktion beteiligten Offiziere den Gefangenenchor aus Verdis Nabucco einzustudieren und zur gegebenen Stunde öffentlich vorzutragen hätten. Faistenzecks Leutnant, der als einziger der Exerzierdarbietung ferngeblieben war, wurde mit der Aufgabe betraut, für Ruhe unter den Gefangenen zu sorgen. Er tat dies mit pädagogischem Eifer. In erster Linie schien ihm wichtig, den beklagenswert tiefen Bil-

dungsstand der ihm Anvertrauten zu heben. Sie aus der Dumpfheit des Höhlenbewohners ans Licht des Wissens zu führen. Über die Schwierigkeit seines Unterfangens machte er sich keine Illusionen – er wußte, daß er bei den Grundlagen der Sprachbeherrschung würde anfangen müssen. Zunächst galt es, verwendbaren Lesestoff aufzutreiben. Er selbst verfügte, nachdem sein Tolstoi einer Diarrhö zum Opfer gefallen war, lediglich über eine Dünndruckausgabe Kant, die als Lehrbehelf nicht in Frage kam.

Noch nicht, wie er sich optimistisch einzureden versuchte. Ein Appell, alles Beschriebene zum Aufbau einer Lagerbibliothek abzuliefern, brachte die erste Ernüchterung. In den verwaisten Offiziersbaracken fanden sich neben dumpfen humoresken Monatsblättern zu gleichen Teilen katholische Erbauungsliteratur und pikante Romane; die Geschichte des geschächteten Christenknaben Anderl von Rinn, die Memoiren eines Wäschermädels, ein Lehr- und Gebetbuch für jeden seines Heiles beflissenen Christen, die Memoiren einer Sängerin, Geistliche Lesungen zur Beförderung der christlichen Vollkommenheit, die Memoiren einer Kurtisane, das bittere Myrrhegärtlein, die Memoiren eines Schokolademädchens. Der Leutnant legte die Machwerke nach kurzer Lektüre angewidert zur Seite. Auch die Mannschaften hatten in ihren Brotbeuteln nur bescheidene Mengen an Lesestoff in die Gefangenschaft gerettet. Mit wachsender Verzweiflung blätterte sich der Leutnant durch Feldausgaben Roseggers, Ganghofers, Ludwig Thomas.

Er war nahe daran zu resignieren, als Faistenzeck erschien. Bescheiden und scheu überreichte ihm dieser ein dünnes Konvolut und zog sich unter unbeholfenen militärischen Ehrenbezeugungen wieder zurück.
Der Leutnant öffnete das Bündel. Es enthielt ein Exemplar des Dienstreglements, in dem die Kapitel ‚Subordination' und ‚Verhalten vor dem Feinde' dick mit Bleistift angestrichen waren, einer Handvoll Karten von Bertha, die von den Kinderkrankheiten des kleinen Alois und der schlechten Ernährungslage handelten, sowie einige Ausgaben der Mitteilungen des Verbandes deutscher Brieftaubenliebhaber.

Wenig später stand der Leutnant im Schatten einer kümmerlichen Steineiche und trieb seine Schüler zur Verstandesarbeit an. Je nach Bildungsgrad hatten die in drei Gruppen Aufgeteilten verschieden schwere Sätze zu lesen. Die Anfänger bekamen Passagen aus dem Dienstreglement, da sich das Militär einer einfachen Sprache zu bedienen pflegt. Ferdinand trug mit hochrotem Kopfe die Worte „Würste Vorsicht! Frisch sehr gut. Wenn alt und verschimmelt, dann enthalten sie Wurstgift – tödlich" vor.
Der Leutnant nickte ermutigend.
„Sehr brav, Faistenzeck! Das geht ja schon recht gut. Nicht mehr lange, und Sie werden in der Lage sein, den Artikel ‚Volksmedizinisches' aus den Mitteilungen der Brieftaubenliebhaber zu lesen. Und dann ist es nicht mehr weit bis zu Immanuel Kants ‚Grundlegung zur Metaphysik der Sitten'. Ein außergewöhnlicher Genuß,

wie ich Ihnen versichern kann. Er ist zwar letztlich auch gescheitert, aber auf sehr hohem Niveau."
Es ist wenig verwunderlich, daß Ferdinand, solcherart gefördert, stupende Fortschritte erzielte. Nach wenigen Wochen las er ohne zu erröten und ohne zu stocken Sätze wie: „Hat ein Kind die Gicht, bindet man eine weiße Taube auf die Brust des Kindes oder mit ihrem Bürzel an den Anus des Kindes; die Taube stirbt, das Kind wird gesund" oder „Um Ausschlag zu heilen, wird empfohlen, eine Handvoll Hirsekörner im Urin des Kranken zu kochen und sie von der Taube aufpicken zu lassen."
Wer weiß, vielleicht hätte es Faistenzeck bei diesen Rahmenbedingungen unter anderen Umständen zu einem gelehrten Mann gebracht. Doch wetzten die Parzen bereits die Schere, auf seiner Spule sollte nicht mehr viel Lebensfaden abrollen.

Daheim wehrte Bertha mit immer größer werdender Mühe die Zudringlichkeiten der männlichen Mitbewohner ab. Der Krieg hatte eine Fülle unversorgter Krüppel produziert, das dörfliche Armenhaus war zum Bersten voll. Dabei weckte weniger die hasenschartige, einarmige Bertha Begehrlichkeiten, denn an Frauen herrscht in Nachkriegszeiten bekanntlich kein Mangel, als die von ihr und dem Sohne bewohnte Kammer.
Bei den mit unterschiedlicher Intensität um Berthas Gunst Werbenden stieß ihr ablehnendes Verhalten auf Unverständnis. Keiner vermochte eine befriedigende Erklärung zu finden, weshalb sie so treu und bieder an einem Mann hing, den sie ein gutes Jahr nicht mehr gesehen hatte. Niemand ahnte, daß ihr Betragen mit den immer häufiger eintreffenden, immer klarer geschrieben, immer ausführlicher werdenden Briefen Ferdinands zusammenhing. Seinen Botschaften haftete nichts Poetisches an. Sie waren in prosaischem Ton abgefaßt und mahnten die Empfängerin, auf ihre Frauenehre acht zu geben und allen Widrigkeiten zu trotzen. Bald schon käme er heim, und dann werde sich einiges ändern. Zum Guten, wie stets durchklang. Er werde Wurst mitbringen, frische, sehr gute Wurst. Sie würden schmausen wie in alten Zeiten, als die Fleischhauerei noch existierte. Auch habe er sich Gedanken gemacht, wie sie in Zukunft ihren Lebensunterhalt bestreiten würden. Zunächst gelte es, die verbliebenen Geschwister in das Armenhaus abzu-

schieben um die elterliche Kate in Besitz zu nehmen. Freilich nur als vorübergehende Lösung, er habe nicht vor, sein Leben dort zu beenden. Ob sich Bertha noch an die alte Ulme, den Ort ihrer ersten, heimlichen Treffen erinnere? Und wie sie sich, untermalt vom Gurren der Wildtauben leidenschaftlich geküßt hatten? Nun, sie möge darin ein Zeichen sehen, denn in eben diesem Vogel läge der Schlüssel ihres künftigen Glücks.
Die Taube, so las die erstaunte Gattin, sei schlechthin *das* Tier der Zukunft. Kein anderer Vogel lasse sich im Krieg wie im Frieden so universell einsetzen. Der Erlös aus der Taubenzucht werde den Wiedereinstieg in das Fleischergewerbe ermöglichen. Ums Jahr hätten sie das erste Schwein und dann könne man bereits daran denken, die Produktion der einstmals weithin gerühmten Katzenschlagerwurst wieder aufzunehmen. Nur gut, daß sie damals in kluger Voraussicht die Wurstspritzen aus der Konkursmasse entwendet hatten. Um keine Zeit zu verlieren, möge sie Ruten schneiden und daraus Käfige flechten. Daß es sich mit nur einer Hand schlecht flicht, bedachte Ferdinand nicht. Der Mangel an Taktgefühl tat wenig zur Sache, in Bertha weckten die von fremder Hand mit roter Tinte verbesserten Briefe einen geradezu absurd anmutenden Optimismus.

Der Frühling neigte sich dem Ende zu und Bertha hatte üble Laune. In der vergangenen Nacht war ihre Ruhe empfindlich gestört worden. Es mußte gegen zwei Uhr früh gewesen sein, als ein angetrunkener Armenhäusler den Versuch unternommen hatte, die

Tür zu ihrer Kammer einzutreten. Kurz darauf lag der Eindringling besinnungslos am Fuße der Treppe, am Kopf eine klaffende Wunde, die von einem Schlag mit dem Schürhaken herrührte. Naturgemäß war danach an eine Fortsetzung des Schlafes nicht mehr zu denken gewesen. Das verängstigte Kind schrie, konnte erst nach Ewigkeiten wieder beruhigt werden, die mißglückten Korbfertigungsversuche kamen ihr in den Sinn, schlugen sich aufs Gemüt, Zweifel an der Durchführbarkeit des Taubenprojekts waren die Folge. Mit Sonnenaufgang verflüchtigte sich ein Gutteil der trüben Gedanken. Bertha nahm sich in die Pflicht, versorgte den Kleinen, verschloß die Türe, ging die Treppe hinunter, stieg über die in ihrem Blute liegende Gestalt und schickte sich an, das Ihrige zum großen Werk beizutragen.

Zunächst nahm sie ein Bündel Ruten und legte es in ein Wasserschaff, um es geschmeidig zu machen. Während die Ruten weichten, bereitete sie nach den brieflichen Anweisungen des Gatten aus Unkrautsamen und Getreidekörnern eine spezielle Futtermischung, die, so hatte dieser geschrieben, das Um und Auf einer erfolgreichen Zucht darstelle. Sie war so in ihre Arbeit vertieft, daß ihr der Auflauf am Treppenaufgang entging. Dort hatte sich eine Gruppe Invalider zusammengerottet, die, nachdem sie die Taschen des röchelnden Schwerverletzten ausgeplündert, heftig darüber debattierten, wie man aus dem in seinen letzten Zügen Liegenden noch mehr Kapital schlagen könnte. Dort am Treppenansatz wurde eine Idee geboren, die auf die Zukunft des Hauses Faistenzeck maßgeblichen Einfluß nehmen sollte.

Die von einem misogynen Juristen verfaßte Anklageschrift lautete auf gewerbsmäßige Unzucht, Raub und Todschlag. Bertha saß, entkräftet an Leib und Seele, auf der Gerichtsbank. Eben wurde der fünfte Zeuge aufgerufen. Dieser bestätigte die Aussagen der vor ihm Einvernommenen. Frau Faistenzeck habe sich, ungeachtet der Tatsache, daß sich das als verheiratete Frau nicht gehöre, als bezahlte Schande verdingt. Er selbst sei zur Tatzeit durch eine lautstark geführte Auseinandersetzung um die Bezahlungsmodalitäten erwacht. Es seien die Worte „Wenn du nicht zahlst, bring ich dich um“, ein Schrei, und das Geräusch eines die Treppe hinabpolternden Körpers zu vernehmen gewesen. Daraufhin habe er umgehend seine Beinprothese umgeschnallt und Nachschau gehalten. Was er zu sehen bekam, sei schrecklich gewesen, das Blut in den Adern sei ihm regelrecht gefroren und der Herr Rat möge bedenken, daß er drei Isonzoschlachten mitgemacht hatte, drei entsetzliche Isonzoschlachten, ehe eine feindliche Gewehrkugel sein Dasein als Soldat in Ehren beendet habe. Das entmenschte Weib, das nicht einmal die Scham besessen, seine Blöße zu bekleiden, habe die Taschen des Opfers durchwühlt, der geringen Ausbeute wegen gotteslästerlich geflucht und in blinder Wut auf den Wehrlosen eingeschlagen. Er und seine gleich ihm kriegsbedingt gehbehinderten Kameraden hätten sie beschworen doch an ihren Sohn zu denken; um der Liebe Christi Willen von dem Verletzten abzulassen – vergebens.
Nur kurz habe die Angeklagte in ihrem Tun innegehalten, um den Kopf zu heben und ihnen die Worte „Wenn

ich mit dem da fertig bin, seid ihr dran", entgegenzuschleudern. Nun könne man ihn schwerlich der Feigheit bezichtigen, er erinnere nur an die drei Isonzoschlachten und auch seine Kameraden seien Helden des Krieges. Da sie jedoch gänzlich ohne Schutz und Wehr gewesen, dem Opfer aber nach menschlichem Ermessen ohnehin nicht mehr zu helfen war, hätten sie sich in ihrer Kammer verschanzt und das Anbrechen des Tages abgewartet. Dann erst sei es mit vereinten Kräften gelungen, den Weibsteufel, der gerade Weidenruten schnitt, vermutlich ein Hilfsmittel für die Ausübung sexueller Perversionen, zu überwältigen.

Der Herr Rat hatte für das unterlassene Einschreiten vollstes Verständnis. Er machte aus seiner Abscheu vor dem Verbrechen kein Hehl, erklärte, daß er es bedaure, seinen Beruf in einer Zeit ausüben zu müssen, die aus falsch verstandener Humanitätsduselei die Todesstrafe abgeschafft habe, denn von Rechts wegen gebühre Bertha der Strang.

Das Urteil, lebenslange, durch vierteljährliches hartes Lager verschärfte Haft, wurde von der Angeklagten ohne erkennbare Regung hingenommen. Erst als man sich anschickte Bertha aus dem Gerichtssaal abzuführen, ergriff die Wut über die Ungeheuerlichkeit der Anschuldigungen von ihr Besitz. Sie gebärdete sich wie eine Furie, brüllte wüste Verwünschungen in den Saal, trachtete sich mit Gewalt loszureißen, schrie in Richtung Zeugenbank, daß sich die Meineidigen vorsehen sollten, das letzte Wort in dieser Angelegenheit sei noch nicht gesprochen; Ferdinand würde sie bei seiner Rückkehr rächen. Ihr Verhalten bestärkte alle Anwesenden in der Annahme, daß der Richtspruch seine volle Berechtigung hatte.

Das Ende von Berthas trauriger Geschichte ist schnell erzählt. Man brachte sie in ein in Schwarzau am Steinfeld gelegenes einstmaliges Schloß, das von der jungen Republik Deutsch-Österreich in eine Strafvollzugsanstalt für Frauen umgewidmet worden war.
Dort erfuhr ihr Status eine gewisse Aufwertung, da Mörderinnen, namentlich Mannesmörderinnen in Frauengefängnissen gemeinhin Respekt und Achtung entgegengebracht wird. Bertha vermochte die soziale Verbesserung verständlicherweise nicht recht zu genießen, ihrer Gedanken kreisten um Alois und Ferdinand. Noch war sie guten Mutes, daß der Gatte bei seiner Rückkehr alles daran setzen würde, das Verfahren neu aufzurollen. Noch war die Hoffnung, daß ihr gegenwärtiges Schicksal Episode bleiben würde, nicht erloschen.
Voller Ungeduld erwartete die Gefangene den ersten Posttag. Ihre Freude war grenzenlos, als ihr die Kalfaktorin schon von weitem die Worte „Gute Neuigkeiten Häftling Faistenzeck, er hat nicht nur einen Brief, sondern gleich ein Paket geschickt“ zurief. Bertha zitterte, als sie die Sendung entgegennahm. Ferdinand, ihr einzigartiger, gütiger Ferdinand hatte sie nicht vergessen.
Tränen der Rührung schossen ihr in die Augen. Es dauerte geraume Zeit, bis sie sich so weit beruhigt hatte, daß sie das Paket in Augenschein nehmen konnte. Das zerfetzte, den Zensurstempel der Anstalt tragende Pack-

papier deute darauf hin, daß es bereits geöffnet worden war. Viel irritierender erschien ihr freilich der Umstand, daß die mit roter Tinte geschriebene Empfängeradresse nicht mit der Handschrift ihres Mannes identisch war. Sie kam ihr gleichwohl bekannt vor. Mit einemmal beklomm Bertha ein ungutes Gefühl. Sie wog das Paket unschlüssig in der Hand, schüttelte es, um Rückschlüsse über seinen Inhalt zu erhalten, legte es auf dem Boden, nahm es wieder an sich, starrte auf den schwarzen Stempel, auf die roten Worte *Sehr geehrte Frau Bertha Faistenzeck, Versorgungshaus Trübenbach, Österreich ob der Enns.* Die letzten beiden Zeilen waren durchgestrichen und durch ihren jetzigen Aufenthaltsort ersetzt.
Schließlich zerbiß sie die Verschnürung, da im Schwerverbrecherinnentrakt scharfe Gegenstände verboten waren, und riß die Postsendung auf.
Heraus fielen die Überbleibsel eines erfolglosen Lebens. Ihre an Ferdinand gerichteten Postkarten, ein Päcken Vogelleim, ein halb beschriebenes Hausübungsheft, ein abgebissener Griffel, die Identitätskarte, ein Paar Leibbinden. Unter den Habseligkeiten befand sich auch ein Brief des Leutnants. Auf liniertem Papier stand geschrieben:

Sehr verehrte gnädige Frau!
Ich habe die traurige Pflicht, Sie vom Tode ihres Mannes in Kenntnis zu setzen. Vielleicht mag ihnen zum Trost gereichen, daß der Tod kein Ereignis des Lebens ist. Den Tod erlebt man nicht. Doch lassen Sie mich zunächst von den Umständen seines Hinscheidens berichten. Es ist

noch keine 24 Stunden her, da gelangte Gefreiter Faistenzeck unter mir unbekannten Umständen an einen Sack Abfälle aus der Lagerküche. Zufällig traf ich ihn, wie er, halb in einem Gebüsch verborgen, gerade damit beschäftigt war dieselben zu sortieren. Ich machte dem Gefreiten seiner Unmäßigkeit wegen Vorhaltungen. Sodann wies ich ihn darauf hin, daß der Verzehr der in erster Linie aus Käserinden bestehenden Abfälle ein ernsthaftes Risiko für seine Gesundheit darstelle. Der Wortlaut meiner Belehrung ist mir noch genau in Erinnerung; „Um den Käse vor dem Eindringen von Würmern und Insekten zu bewahren, benetzen bisweilen Käsehändler denselben mit Lösungen von Arsenikpräparaten oder mit so genannten Insektiziden. Auch in bleihaltige Zinnfolie und Stanniol wird nicht selten Käse verpackt, und man tut deshalb immer wohl daran, die Rinde des Käses abzuschneiden." Faistenzeck versicherte mir daraufhin, die Rinden nicht zum persönlichen Genuß, sondern zur Bestückung von Vogelfallen verwenden zu wollen. Da wir erst kürzlich gelegentlich einer von mir gestalteten Naturkundestunde einen grauen Steinschmätzer präparierten, schenkte ich seinen Angaben Glauben. Bedauerlicherweise, wie ich sagen muß. Denn ihr Mann hatte keineswegs vor, die Abfälle zur Aufstockung der Lehrbehelfe einzusetzen. Eine gute Stunde später wurde er von einem Kameraden aufgefunden. Zu diesem Zeitpunkt wand er sich bereits in Krämpfen. Da ich mir über die Natur des Giftes nicht im Klaren war, versuchte ich zunächst, mittels einer Eichelhäherfeder das Erbrechen künstlich herbeizuführen. Danach flößte ich ihm Kalkmilch und Seifenwasser ein.

Als keine Besserung eintrat, sein Zustand sich im Gegenteil verschlimmerte, versuchte ich es mit Gaben von der Wand geschabten Kalkes, Asche und zerstoßenen, im Wasser aufgeschwemmten Eierschalen.
Leider war auch dieser Behandlung kein Erfolg beschieden. Ihr Gatte begann vielmehr zu delirieren, in seinen Wahnvorstellungen wiederholte er wieder und wieder, daß es nicht seine Idee gewesen sei, dem alten Katzenschlager im Keller die Decke aufs Gesicht zu pressen, aber die Frau habe es so verlangt. Er starb unter entsetzlichen Schmerzen und sein Antlitz zeigte im Tode, wie Sie aus beigelegter von mir verfertigter Skizze ersehen können, nicht die Spur von Verklärung. Seine letzten Worte lauteten: „Nehmt sie, nehmt sie, von mir aus auch das Kind, aber nicht mich!“

Der mit einer unleserlichen Unterschrift gezeichnete Brief endete mit der Versicherung, daß es dem Verfasser Leid tue, nichts Erfreulicheres über den weiland Gatten berichten zu können, aber er vertrete die Auffassung, daß die Wahrheit eine dem Menschen zumutbare Sache sei. Er verbleibe mit guten Wünschen und stehe der lieben gnädigen Frau für etwaige weitere Fragen natürlich jederzeit zur Verfügung.
Es sollten sich keine Fragen mehr stellen.

Aus armenrechtlichen Gründen wurde Alois als anstaltserziehungsbedürftig eingestuft. Wie man aus der Lektüre von dickensschen Büchern weiß, meint es das Leben mit Anstaltserziehungsbedürftigen in der Regel nicht gut.

Oberösterreich verfügte 1919 über zehn Heime mit 750 Betten und einer Anzahl von elternlosen Kindern, die den gegebenen Belegraum um ein Vielfaches überstieg.

Die zuständigen Behörden waren entsprechend verzweifelt bemüht, wenigstens einen Teil der als Plage empfundenen Kinder aus ihrem Verwaltungsbereich abzuschieben.

Der Zufall fügte es, daß in der gut gehaßten Hauptstadt kurz zuvor die Spanische Grippe gewütet hatte. Der Epidemie waren in erster Linie die ganz Jungen und ganz Alten zum Opfer gefallen, wodurch die Lage in den Verwahranstalten der obgenannten Gruppen eine erfreuliche Entspannung erfuhr.

Abgesehen von einem derben ländlichem Idiom nannte Alois nichts sein eigen, als er in Begleitung eines Befürsorgungskommissars nach Wien kam. Dort, im melancholischen Schatten einer Kirche, befand sich das Annatheum, eine Stiftung der frommen Gattin des Kaisers Matthias. In den Statuten der Anstalt waren die Aufnahmebedingungen streng geregelt. Die Zöglinge hatten folgende Eigenschaften zu erfüllen:

Katholisch getauft
Gesund und nicht mangelhaft
Nicht blind, taub, stumm, krumm
Nicht blödsinnig und unfähig zu lernen
Mit keiner erblichen Krankheit behaftet

Zu seinem Unglück genügte Alois allen Vorgaben. Der Leiter des Heimes, ein von den pädagogischen Strömungen der vergangenen 150 Jahre gänzlich unberührter Mann, verfolgte klare Ziele. Sein Haus sollte zum Vorteil des gemeinen Wohles emsige Arbeiter, taugliche Handwerker, tapfere Soldaten, getreue Dienstboten, frommen Ordensnachwuchs, kurz, recht herzlich gute, lenksame Menschen hervorbringen.
Der Tagesablauf hatte sich im Laufe der Jahrhunderte nur wenig verändert. Um sechs Uhr früh wurde die Schlafsaaltür aufgerissen und ein auf der untersten Stufe des Beamtenschemas besoldeter Erzieher brüllte ein Wort, das entfernt wie „Aufstehen!" klang. Während die Zöglinge auf den Gang eilten, wo sie in Zweierreihen Aufstellung nahmen, inspizierte der Diensthabende die Strohsäcke nach Anzeichen normwidrigen Verhaltens. Darunter verstand man das Einnässen der Liegestatt, welches als Akt mutwilliger Bösartigkeit gewertet wurde. Waren die Namen der Missetäter notiert, ein Unterfangen, das allmorgendlich geraume Zeit in Anspruch nahm, da viele ihre beständige Angst auf diese Weise artikulierten, ging es in den Waschraum. Dort galt es, sich mit Fleiß und kaltem Wasser zu reinigen. Die unterhalb des Nabels gelegenen Körperteile blieben ausgespart, denn

der Sittlichkeit wurde ein großer Stellenwert eingeräumt. Nach Anlegung der Anstaltskleidung marschierte die Gruppe schweigend in den Speisesaal, wo man an langen Tischen Platz nahm. Der Anstaltsleiter hielt, während der dünne Getreidebrei in den Schüsseln kalt wurde, seine allmorgendliche Ansprache. Sie drehte sich meist um das schier unerschöpfliche Substantiv „Dankbarkeit". Immer schienen Ewigkeiten zu vergehen, ehe mit dem Frühstück begonnen werden konnte. Es traf sich schlecht, wenn man, wie im Falle Alois, am unteren Ende der Tafel zu sitzen kam. Die Schüssel enthielt dann nur noch geringe Quantitäten von Brei.
Danach wurde die Schar vom Anstaltsgeistlichen in Empfang genommen und in die Kapuzinergruft geführt. Dem Mönch hinterher trottend, gelangten die Knaben zum Sarkophag der edlen Stifterin, wo sie angehalten waren, bis zum Beginn der ersten Kindergarten- beziehungsweise Schulstunde für deren Seelenheil zu beten. Kaiserin Anna, deren ausgeweideter Körper die Begräbnisstätte im Jahre 1633 eröffnete, war dem Kapuzinerorden sehr zugetan gewesen.
Die Kapuziner hatten dem Land nicht nur bei seiner Rekatholisierung große Dienste erwiesen, sie zeichneten sich darüber hinaus durch eine Bußfreudigkeit und -fertigkeit aus, die ihresgleichen suchte. Zu den mit Eifer betrieben Entsagungsübungen zählte die wöchentliche Selbstgeißelung. Frau Anna scheint diesen Brauch mit großer Leidenschaft übernommen zu haben, anders läßt sich die Tatsache, daß vier ihrer Geißeln die Zeiten überdauert haben, nicht erklären.

Zwei dieser Marterinstrumente können noch heute in der Schatzkammer zu Wien bewundert werden. Das dritte wurde 1918 von der brutal aus dem Lande gejagten kaiserlichen Familie mitgenommen, angeblich leistete und leistet es bei der Kindeserziehung derselben wertvolle Dienste. Die vierte, einer nicht überprüfbaren Überlieferung zufolge Lieblings- und Leibpeitsche der Kaiserin, befand sich im Besitze der Erziehungsanstalt und fungierte als Liktorenbündel des Leiters. Freilich wurde sie nicht mehr ihrer eigentlichen Bestimmung gemäß eingesetzt, da dies einem Akt der Entweihung gleichgekommen wäre. Schließlich klebte auf den güldenen Widerhaken noch kaiserliches Blut. Zur Züchtigung der Zöglinge bediente sich der Direktor eines vegetabil gegerbten Ledergürtels, der Anstaltsgeistliche seines Kuttenstricks. Letzterer war, bedingt durch die drei Armut, Keuschheit und Frömmigkeit symbolisierenden Knoten bedeutend schmerzhafter und entsprechend mehr gefürchtet. Doch sei zur Ehrenrettung der Kapuziner erwähnt, daß Pater Bruno nur selten zuschlug. Die Kirche vergießt kein Blut.

So erwies sich das Kinderasyl als der rechte Ort, um eine lebenslänglich anhaltende Hagiophobie zu entwickeln. Daran vermochten auch die kirchlichen Feiertage nichts zu ändern. Noch in seiner Sterbestunde hätte sie Alois in ihrer Gesamtheit aufsagen können; vom Fest der Beschneidung des Herrn am ersten Jänner über das Fest Josefs des Arbeiters am ersten Mai bis hin zum feierlichen Gedenken an die unbefleckte Empfängnis am achten Dezember. Zwar verdoppelten sich an den kirchlich gebotenen Feiertagen die Betzeiten, dieser Umstand wurde jedoch durch ein vergleichsweise reichhaltiges Mahl wieder wettgemacht. In Erwartung der 0,3 Liter Suppe, 120 Gramm Braten mit 0,3 Liter Beilage und 120 Gramm gebackener Mehlspeise flackerte bei den vor dem Sarg betenden Knaben bisweilen so etwas wie religiöse Inbrunst auf. Lediglich bei denjenigen, die ihren Harn nicht zu halten vermochten, war die Freude getrübt, da sie keine Mehlspeise erhielten.

Von den Festtagsabfütterungen einmal abgesehen gab es wenig, dessen man sich in späteren Lebensabschnitten mit Freude zurückerinnern konnte. Zu den spärlichen Höhepunkten zählte zweifelsohne das wöchentliche Bad mit anschließendem Kleiderwechsel. Unter den wachsamen Augen des Kapuziners und der Bedeckung eines knöchellangen Hemdes lag man in der Wanne und spürte an den urinverätzten Oberschenkeln die lindernde Kraft des Wassers.

Ansonsten harrte jeder voll Ungeduld des Datums, an dem er nach absolvierter Pflichtschulzeit die Erziehungsanstalt verlassen werde können. Schlimmer, so der allgemeine Tenor unter den Zöglingen, könne es „da draußen" nun wirklich nicht sein.

Für Alois Jahrgang fiel der lang ersehnte Tag auf einen Donnerstag im Oktober 1929.

Pater Hugo hielt eine im Imperativ gehaltene Abschiedspredigt. Seine gewaltige Stimme durchdrang die Kirche:

„Bewahrt euch, junge Freunde, die katholische Denkart, die euch in dieser Stätte mit heißem Herzen vorgelebt

worden ist! Bewahrt euch eure Keuschheit! Sie ist der Anmut ausgießende Adel des Jünglings! Sie ist die leuchtende Frucht vom Edelbaum der Treue, die ihr in eurem Herzensgarten pflegen müßt! Hütet euch vor Büchern, die nicht das Imprimatur tragen! Zwischen ihren Seiten lauert nur zu oft der vergiftete Dolch der Unsittlichkeit und Lüsternheit! Meidet zur Sünde reizenden Umgang! Wehret den Totengräbern der Selbstzucht! Achtet auch das von Gott gebotene Gesetz der Arbeitspflicht! Vergeßt nie das Wort des Dichters: Mäßig und geschäftig leben/Heißt dem Laster Gift eingeben!"
Die Zöglinge scharrten mit den Füßen. Als die Glocke dreiviertel drei schlug, machte sich ein allgemeines Gefühl der Erleichterung breit. Nun konnte es nicht mehr lange dauern. Freitags um drei begann die traditionelle Geißelstunde des Paters.
Ein letzter Gang in die Gruft, ein allerletzter schmerzhafter Rosenkranz im Angesicht des Sarges, dann war es so gut wie überstanden. Beim finalen, vom Anstaltsleiter persönlich vorgenommenen Verabschiedungsakt erklommen die Knaben in alphabetischer Reihenfolge das Podium des Speisesaals. Dort erhielten sie ein Bündel mit den traditionellen, aus Brot und Zehrgroschen bestehenden Abschiedsgaben sowie den grün versiegelten Brief, in dem sich die Adresse ihres künftigen Lehrmeisters befand. Einem alten Brauch entsprechend, durfte dieser erst nach Verlassen des Annatheums geöffnet werden. Das Tor schloß sich. Einen Augenblick herrschte Stille. Dann brach ein ohrenbetäubender Jubel los. Voll Übermut trennten die Entlassenen ihre Kapuzen von

der Anstaltskleidung und schleuderten sie, unter üblen Schmähungen, über die Mauern des Heimes.
Ein von der Krätze geplagter Knabe schlug vor, den Zehrpfennig zu vertrinken. Der Vorschlag wurde begeistert angenommen. Unter den mißbilligenden Blicken der Passanten zogen sie johlend durch die Straßen der Stadt. In einem schäbigen Gasthof hielten sie Einkehr. Der Wirt nahm mit verächtlicher Miene ihre Barschaft in Empfang und kehrte mit zwei Krügen sauren Weines zurück. Der guten Laune tat das keinen Abbruch, immerhin war man zum ersten Mal im Leben bedient worden. So tranken sie bis sich einer, vom Wein schon etwas benommen, der mitgegebenen Briefe entsann. Der Vergrätzte war der Erste, der seinen Umschlag aufriß. Er überflog den Inhalt und begann zu strahlen. „Zuckerbäcker!“ rief er, „stellt euch vor, ich werde Zuckerbäcker!“ Der Schorf rieselte ihm vor Begeisterung vom Gesicht. Nun war kein Halten mehr, Siegel wurden erbrochen, Triumphgeschrei erfüllte den Raum.
„Koch!“, „Fleischhauer!“, „Kaufmannslehrling!“, „Spezereienhändlergehilfe!“, jubelten die Knaben durcheinander. Nur einer blieb stumm.

Im Nachhinein hätte Alois nicht zu sagen vermocht, wie lange er alleine am Wirtshaustisch gesessen hatte. Die Kameraden waren längst in alle Himmelrichtungen davon gestoben, schliefen vermutlich bereits unter dicken Federbetten üppigen Mahlzeiten entgegen. Wieder und wieder studierte er die Zeilen des an ihn gerichteten Schreibens. Er würde keinesfalls bei dem angegebenen

Meister vorstellig werden. Er nicht. Ganz gewiß nicht. Aber zuvor würde er Rache nehmen, Rache im alttestamentarischen Ausmaß. Zunächst würde der Anstaltsleiter mit dem Leben bezahlen müssen. Dann Pater Bruno. Nein, Pater Bruno zuerst. Dieses Schwein. Vermutlich war Pater Bruno der Urheber seiner Misere. Schließlich hatte er ihn bei der letzten Beichte gefragt, was er denn werden wolle.

„Irgendwas mit Tieren", hatte Alois mit fromm gesenkten Augenlidern geantwortet. „Ich mag Tiere so gern. Wie der heilige Franziskus."

Der Mönch hatte ihn daraufhin mit anklagender Stimme der Hoffart beschuldigt und Alois war bei der nächsten Festtagskuchenausgabe wieder einmal leer ausgegangen. Er begann sich mit Gedanken zu tragen, die in ihrer Abartigkeit der heiligen Inquisition Ehre gemacht hätten.

„Wenn du nichts mehr verzehrst, mußt du gehen."

Alois erschrak. Der Wirt stand vor ihm. „Oder hast du noch einen Wunsch?!"

Alois schüttelte den Kopf und schickte sich an, die ungastliche Stätte zu verlassen. Fast schon in der Tür kam ihm eine Idee. Er drehte sich um.

„Haben sie nicht irgendeine Arbeit für mich? Ganz egal was?"

Der Wirt blickte ihn unwirsch an.

„Für dich? Aber sicher doch! Auf einen wie dich hab ich mein Lebtag gewartet. Noch nicht trocken hinter den Ohren aber schon am Nachmittag Wein saufen. Schau, daß du weiterkommst, du Galgenvogel."

Der Knabe stürzte hinaus.

Draußen schüttete es heftig. Alois schulterte sein Bündel und ging los. Anfangs hielt ihn noch eine tiefe Empörung aufrecht. Wenn die Geschichte mit den Herrschaften im Annatheum erledigt war, würde er zum Gasthaus zurückkehren. Zuerst der Mönch, dann der Direktor, dann der Wirt. Die den Rücken steifende Empörung verflüchtigte sich schnell. Schon begann er, seine Säumigkeit zu bereuen. Eine Zeitlang schleppte er sich ziellos weiter, dann glitt er auf dem nassen Kopfsteinpflaster aus. Im Portal eines Hauses notdürftig vor dem Regen geschützt, übermannte ihn der Schlaf.

Klimatisch entsprachen die Traumwelten durch die sich Alois bewegte, keltischen Höllenvorstellungen. Es war kalt, es war feucht, zwei brüllende Dämonen verfolgten ihn. Von Todesangst erfüllt rannte er über sumpfigen Grund, sank ein, stürzte, rappelte sich wieder hoch, lief weiter, wollte um Hilfe schreien, aber seine Kehle war wie zugeschnürt. In Panik wandte er den Kopf, die Dämonen kamen näher, hatten ihn fast erreicht. Sie schwangen Züchtigungsinstrumente, er vermeinte einen weißen Strick und einen Gürtel zu erkennen. Kurz bevor die letzten Kraftreserven des Gehetzten aufgebraucht waren, geschah ein Wunder: Dem in einer kaffeebraunen Kutte steckenden Dämon ging der Sandalenriemen auf, er stolperte und riß im Fall seinen Begleiter mit. Erbost über diese Ungeschicklichkeit begann dieser, seinen Kompagnon mit dem Gürtel zu drosseln. „Adiuro te, serpens antique“, gurgelte der Gewürgte. Es schien ein humanistisch gebildeter Dämon zu sein.

Das Gefühl der Erleichterung hielt nicht lange vor. Kaum hatte sich Alois jagender Puls ein wenig beruhigt, dräute neues Ungemach. Eine Hexe stand plötzlich neben ihm. Zumindest sprach alles für eine Hexe: das Kopftuch, der Buckel, die krumme, mit Warzen besetzte Nase. Sie stieß ihn mit dem Besen an und feixte: „Ein so ein Gesindel! Sofort stehst du auf. Das ist ein anständiges Haus! Da gibt's kein Herumliegen nicht!"
Er rieb sich die Augen und blickte in das böse Gesicht einer Hausmeisterin.
„Du sollst dich schleichen hab ich gesagt!"
Alois hätte der im schrillen Tone vorgebrachten Aufforderung gerne Folge geleistet, doch hinderte der an seinem Adamsapfel gepreßte Besenstiel am Aufbruch. Er versuchte in einer schwachen Geste der Selbsterhaltung den Besenstiel wegzudrücken.
„Ah – renitent auch noch! Na warte Bursche – Hansi!"
Die Flügel des Parterrefensters öffneten sich mit Getöse. Ein rotes Hausmeistergesicht quoll hervor.
„Was gibt's denn?"
„Ich hab' da einen Renitenten."
„Ich bin gleich unten. Paß auf, daß er nicht wegrennt."
Wenige Augenblicke später empfing Alois die entsetzlichsten Prügel seines Lebens. Angefeuert von einem Dutzend frühmorgendlicher Passanten, lieferte das Hausmeisterpaar ein das Gemüt der Zuschauer erfreuendes Schauspiel. Allen Beteiligten war klar, daß *dieser* junge Mann der Allgemeinheit nicht mehr durch illegales Campieren in gutbürgerlichen Hausportalen zur Last fallen würde.

„Jetzt schaust, daß'd weiterkommst, Falott!"
Der Knabe machte einen taumelnden Versuch aufzustehen. Er mißlang, die Beine versagten ihren Dienst. Rufe nach der Polizei wurden laut. Heulend vor Schmerz kroch Alois auf allen Vieren fort.
Es ist erstaunlich, welche Distanzen ein Mensch in Extremsituationen kriechend zurücklegen kann. Alois saß auf einer Parkbank und überdachte seine Situation. Vermutlich würde er bald von der Polizei aufgegriffen werden. Er sah schrecklich aus, Handflächen und Kniescheiben bedeckte eine Schicht aus Schmutz und Blut, im Gesicht waren die Folgen der erlittenen Mißhandlung deutlich zu erkennen. Er besaß nichts mehr als die zerfetzte Kleidung an seinem Leib, der Ranzen mit den wenigen Habseligkeiten mußte noch beim Hausportal liegen. Alois wurde fast wahnsinnig als er den Verlust realisierte, im Ranzen befand sich das Brot. Seit seiner letzten Mahlzeit waren mittlerweile 13 Stunden vergangen und die von den Prügeln herrührenden Schmerzen lagen mit jenen des Hungers im Widerstreit. Eines der heimlichen Wahrzeichen der Stadt in Gestalt einer rüstigen, Tauben fütternden Pensionistin nahm auf der Bank vis à vis Platz. Beim Anblick der ausgestreuten Semmelbrösel lief Alois das Wasser im Munde zusammen. Kurz verspürte er den Drang der Alten die Brösel zu entreißen und wegzulaufen. Gerade noch rechzeitig fiel ihm ein, daß er in seinem beklagenswerten Zustand gar nicht laufen konnte.

Unterdessen hinkte Meister Kornfeind durch die schmalen Durchlässe seiner voll gestopften Werkstatt. Als er vergangenen Abend Stunde um Stunde vergebens auf den neuen Lehrlings gewartet hatte, hatte er vor Wut regelrecht gekocht.

Gegen Mitternacht tat er den feierlichen Schwur diesen nichtsnutzigen Trottel, der ganz offensichtlich zu pflichtvergessen oder zu dumm war den Weg zu finden, durch Sonne, Mond und Sterne zu schießen. Aber der Trottel zog es vor, nicht zu erscheinen.

Nun war der Zorn des Meisters längst verflogen und einem Gefühl tiefer Sorge gewichen. Vielleicht war dem armen Buben etwas zugestoßen? Es trieb sich ja so viel Gesindel auf den Straßen herum! Was, wenn das junge Wesen Opfer eines Raubüberfalls geworden war? Vielleicht lag er zusammengeschlagen und hilflos im Portal eines Hauses? Wie verhielt man sich in so einem Fall? Er war gänzlich ahnungslos. In praktischen Fragen war Kornfeind stets heillos überfordert gewesen.

In seinem Fachgebiet hingegen galt Kornfeind als Koryphäe, die ihresgleichen suchte. Die Familie, die mit seinem Tod verlöschen sollte, trieb ihr Gewerbe bereits in der dritten Generation.

Ein Unglücksfall im Jahre 1907 hatte zu einem kometenhaften Aufstieg geführt: Kornfeind, der von Berufs wegen viel mit giftigen Substanzen zu tun hatte, war vom Arzt ein Aufenthalt in den Bergen angeraten worden. Aus

tiefstem Herzen Monarchist, hatte er das herrliche Salzkammergut zum Ziel seiner Sommerfrische gewählt. In der ersten Woche hinderte ihn der berüchtigte Bad Ischler Schnürlregen am Verlassen des Quartiers. Erst am achten Tag klarte es etwas auf, und angetan mit einem braunen Wetterfleck schickte sich Kornfeind an, ins Gebirge zu gehen. Das Schicksal wollte es, daß sein Weg durch kaiserliches Jagdgebiet führte, wo er ins Visier eines kurzsichtigen Erzherzogs geriet, der sich im Angesicht einer Gams wähnte. Der kaiserliche Prinz drückte ab – und Kornfeind sackte getroffen zusammen.
„Bumsti", entfuhr es dem Erzherzog.
Dem Meister wurde vom Leibarzt die Kugel noch an Ort und Stelle aus dem Bein geschnitten.
„Wie ärgerlich", empörte sich der Erzherzog. „Kann sich der Kerl nicht beherrschen? Vertreibt mir mit seinem Gewinsel das ganze Wild! Das wird ein Nachspiel haben!"
Die Geschichte hatte tatsächlich ein Nachspiel, jedoch anders als vom Erzherzog erwartet. Der Kaiser, erzürnt über den Umstand, daß *schon wieder* ein Sommerfrischler von einem Mitglied der Familie angeschossen worden war, verhängte über den Schützen ein mehrtägiges Jagdverbot. Am Krankenlager des Opfers erschien der Leibkammerdiener Seiner Majestät und verkündete mit salbungsvoller Lakaienstimme, daß er „auf allerhöchsten Entscheid zum kaiserlich-königlich privilegierten Hofpräparator" ernannt worden sei. Fortan wußte er sich vor Aufträgen nicht mehr zu retten.
Schon ein Jahr später war der k.k. Taxidermist eine weit

über die Grenzen der Haupt- und Residenzstadt Wien berühmte Institution. Neben der kaiserlichen Familie, deren Jagdwut allein ausgereicht hätte, aus Kornfeind einen reichen Mann zu machen, ließ jeder Aristokrat, der auf sich hielt, seine Beute vom Hofpräparator konservieren, ausstopfen und aufstellen. Selbst in der Schonzeit verging selten ein Tag, an dem nicht aus den fernsten Provinzen des Reiches Kisten mit Trophäen eintrafen.
Dann kam der Krieg und Kornfeind, der glühende Patriot, investierte alles was er besaß in Kriegsanleihen. 1918 war er ein ruinierter Mann und als solcher gezwungen, seine mondäne Niederlassung am Michaelerplatz zu liquidieren.
Sein neues, Niedergang atmendes Geschäft lag in einem Bezirk, den er früher allenfalls vom Hörensagen kannte. Die Klientel bestand in erster Linie aus Witwen mit rot geweinten Augen und war ihm, der einst mit den Spitzen der Gesellschaft Umgang gepflogen hatte, in höchstem Maße widerwärtig. Voll Bitterkeit gedachte er der Tage, in denen er infolge Arbeitsüberlastung kapitale Hirsche zurückweisen hatte müssen. Nun war er genötigt jeden Auftrag anzunehmen, mochte der Kadaver auch noch so verwest sein. Dem Geruch nach zu urteilen, schienen die Witwen in manchen Fällen zumindest Tage, wenn nicht gar Wochen mit ihren verstorbenen Lieblingen zugebracht zu haben. Aus durchfeuchteten Lagen von Zeitungspapier wickelten sie Kanarienvögel, Katzen, wenn es hoch herging, einen Rauhaardackel. Dann folgte unweigerlich die in epischer Breite vorgeschluchzte Lebensgeschichte von Burli, Minka oder Wasti.

War der biographische Teil endlich erledigt, wollten die Damen bis ins letzte Detail über die verschiedenen Möglichkeiten der Präparation informiert werden. Die Entscheidungsfindung, ob das Bauxerl besser mit Seegras, Werg oder mit Roßhaar gefüllt werden sollte, dauerte mitunter nicht viel kürzer als die Lebensgeschichte selbst. Auch über die optimale Form der Aufstellung herrschte meist Unschlüssigkeit. Solle Hansi auf der Sitzstange im Käfig seinen letzten Platz finden? Oder doch lieber mit ausgebreiteten Schwingen an einem Faden vom Plafond schweben? Könne man Murli, die eine tüchtige Jägerin gewesen, nicht mit einer Maus im Maul präparieren? Mit hochgehobener rechter Pfote, genau so wie sie's denn pflegte?
Nach der erschöpfenden Abhandlung aller Möglichkeiten begann das zähe Verhandeln um den Preis. Dieses ging, egal wie hinfällig die Auftraggeberinnen auch sein mochten, immer zugunsten der Witwen aus.
Vom Standpunkt der finanziellen Lage her gab es absolut nichts, was für die Aufnahme eines Lehrlings gesprochen hätte. Aber Kornfeind spürte die Last der Jahre und wollte vor seinem, wie er hoffte seligem Ende alle Geheimnisse und Finessen seines Handwerks weitergeben. Tradierungswürdiges gab es genug: Er war zwar kein großer Neuerer gewesen, das nicht, aber er hatte doch entscheidend zur Weiterentwicklung seiner Profession beigetragen. Zum Beispiel die verfeinerte Version der Becoueurschen Arsenseife. Verbesserte Ausstopfmethoden nach festen Körpern. Die Kunst der Combaschen Dermoplastik.

Davon abgesehen, verstand es niemand besser als er, den naturgetreuen, die Seelentätigkeit des Tieres widerspiegelnden Blick nachzuahmen. Selbst kritischste Witwen verspürten einen andächtigen Schauer, wenn sie in die eingekitteten Augen ihrer verschiedenen Lieblinge blickten.
„Meiner Seel' mir wird ganz anders. Genau so hat sie mich immer angeschaut, wenn sie mir was bracht' hat, mein Schnurrlilein."
Das war es doch wohl wert, der drohenden Vergessenheit entrissen zu werden! Deshalb der Lehrling. Trotz der schlechten Zeiten. Und schlecht waren die Zeiten in der Tat, das wußte Kornfeind genau, nicht nur in seiner Branche. Es genügte ein Blick aus der Türe, um sich dessen zu versichern.
Wie um seinen Gedanken Nachdruck zu verleihen, schlich eine erbarmungswürdige, abgerissene Gestalt die Straße entlang. Blieb mit hängendem Kopf unschlüssig vor Kornfeinds Türe stehen. Zögerte eine Weile, faßte sich schließlich ein Herz, drückte das als Schnalle dienende Krickel nieder und trat ein.

Alois hätte es bedeutend schlechter treffen können; der Meister war bei allen Schrullen ein milder Mann. Er führte den vor Angst, Hunger und Müdigkeit halbtoten Knaben in seine Kammer, versorgte Schürfwunden und Prellungen, brachte ihm eine dampfende Schüssel Nudelsuppe und stellte keine Fragen.
Die gute Behandlung wurde mit Wohlverhalten vergolten, in der Anfangszeit gab der Lehrbub zu wenig

Klage Anlaß. Das frühe Aufstehen war er gewöhnt, den Wegfall der täglichen stundenlangen Gebete empfand er als Wohltat, ebenso den Umstand, sich auch an nicht kirchlich gebotenen Festtagen satt essen zu können. Sein neues Leben bot ihm Freiräume, von denen er früher nicht zu träumen gewagt hätte. Ein Zimmer für sich allein beispielsweise. Mit einem komfortablen Bett, in dem man nicht auf dem Rücken mit über der Brust gekreuzten Armen schlafen mußte, sondern wie es einem beliebte. Erstes eigenes Geld, wenn auch die Lehrlingsentschädigung, objektiv betrachtet, lächerlich gering bemessen war.

Das vage Gefühl der Zufriedenheit begann mit dem Einsetzten der Pubertät jedoch allmählich zu verebben. Man darf dem jungen Faistenzeck nicht verübeln, daß es ihm nicht gelang, dem Gewerbe etwas Positives abzugewinnen: Präparieren ist eine widerliche Tätigkeit. Dem Kadaver werden zuerst mit Injektionsspritzen die Leibessäfte aus dem Körper gezogen, dann bricht man ihn auf, zieht das Gedärm heraus, wäscht und räuchert ihn mit hochtoxischen Mitteln, balgt ihn ab und füllt ihn nach den Wünschen der Auftraggeber. Nachdem Alois ein unterentwickeltes Gefühl für Proportionen besaß, war er über den Arbeitsschritt der Abbalgung nicht hinausgekommen. Das würde er schon noch erlernen, tröstete der Meister. Die Tröstung war im Rahmen des Weihnachtsfestes ausgesprochen worden. Eines überaus bedrückenden Weihnachtsfestes, denn Kornfeind verstand sich nicht aufs Feiern. Angetan mit einem schillernden Anzug aus dem Jahr 1907, dem Jahr seines

Glücks, trug er seinen kahlen Schädel, der aus einem unsauberen Stehkragen ragte, in der Haltung resignativen Stolzes. Unter einem mit Lamettafäden geschmückten Geweih wurde mit Bestecken mit Horngriff ein zu lange abgehangenes Rebhuhn verzehrt. Anschließend bekam Alois sein Geschenk. Während er es auswickelte, stocherte der Meister mit einem Knöchelchen zwischen den verbliebenen Zähnen.

„Ich hoffe, es gefällt dir", mümmelte er, „ich habe in meiner eigenen Lehrzeit mit Genuß und, wie ich sagen darf, außergewöhnlichem Gewinn darin gelesen."

Das Geschenk, eine 1876er Ausgabe der Taxidermie von Philipp Leopold Martin, gefiel Alois nicht, er hatte auf ein neues Kleidungsstück gehofft. Doch mochte er den erwartungsvoll dreinblickenden Kornfeld nicht verärgern, weshalb er das Buch aufschlug und halblaut einen Absatz vorlas:

„Da das Licht auf alle todten Naturkörper einen höchst verderblichen Einfluß hat, indem es dieselben nach und nach ganz zu entfärben im Stande ist, ist soviel als alles direkte Licht gänzlich abzuhalten."

Er klappte das Buch wieder zu und dankte Kornfeind mit tonloser Stimme. Der Meister nickte großmütig.

Im neuen Jahr brachen dann Konflikte auf, die sich immer schwerer bezähmen ließen. Alois war es überdrüssig in der düsteren Werkstatt zu sitzen, wo die Sonne nur matt durch dunkle Milchglasscheiben drang und sich in den Glasaugen dahinmilbender, nicht abgeholter Tiere brach. Er wollte Kurzweil und diese war im Leben Kornfeinds nicht zu finden. Der Meister hatte weder Freunde noch Radio, hielt sich außer dem Branchenblatt „Balg und Geweih" keinerlei Zeitschriften und zeigte an außerhalb seines Fachgebietes gelegenen Dingen wenig Interesse. Gleichzeitig war er ängstlich darauf bedacht, seinen Lehrling vor dem Unbill der Welt zu schützen – jeder Ausgangserlaubnis gingen zähe, von beiden Seiten mit großer Hartnäckigkeit geführte Verhandlungen voraus.

Die Tage verflossen in ermüdender Ereignislosigkeit. In das stille Gehäuse drang kaum ein Laut. Es war schon ein seltener Höhepunkt, wenn ein grünlackierter Wagen vor der Werkstatt hielt, dem ein stolzgeschwellter Jäger entstieg und Alois einen blutigen Schädel mit einem Tannenreisig im Äser ausladen durfte.

Dieser Zustand der Monotonie erwies sich für den Heranwachsenden auf Dauer als unerträglich. An einem kalten Tag im April riß er aus. Der Ausflug in die Freiheit verlief ernüchternd; auf einen wie ihn hatte man gerade gewartet.

Überall nur Trostlosigkeit, die Straßen voll von Arbeitssuchenden, hohläugigen Ausgesteuerten, abgemagerten Kindern, Menschenschlangen vor den Ausspeisungsstellen. Weit schneller als erwartet war Alois genötigt, sich in letztere einzureihen, denn die zusammengesparte Lehrlingsentschädigung löste sich buchstäblich in Luft auf. Fassungslos durchwühlte er wieder und wieder die Außentaschen des Mantels, aber die Börse war und blieb verschwunden. Mit ihr war auch die Option auf Kurzweil dahin.

Nach zwei durchfrorenen Nächten kehrte er zurück, kroch würdelos auf dem Boden herum und gelobte Besserung. Kornfeind verzieh ihm, war aber fortan von nagendem Mißtrauen erfüllt. Alois Kontakte mit der Außenwelt beschränkten sich für die kommenden Monate auf das Lesen einzelner Blätter durchfeuchteten Zeitungspapiers.

In diese dunkle Periode fiel auch seine erste selbständige Ausstopfarbeit, der Meister vertraute Alois den beinahe noch warmen Leichnam eines Dackels an. Nicht daß der Auftrag eine Geste der Auszeichnung dargestellt hätte: die Einbringerin des Hundes litt an der Gicht, war darüber hinaus fast blind und würde, so das Kalkül des Meisters, bei der Abholung schon kein Theater machen. Alois Werk sah nicht einmal schlecht aus, aber die Alte schrie, nachdem sie das Präparat kurz an sich gedrückt und geherzt hatte, die Gasse zusammen. So ein Skandal, man wolle sie betrügen! Kornfeld und Alois zogen eingeschüchtert die Köpfe ein. Das sei nicht ihr Bubi, das könne er gar nicht sein, ihr Bubi sei viel dicker, nämlich richtig wuzlert gewesen, sie habe ja

Bubi immer anständig gefüttert und jetzt wolle man ihr irgendeinen ausgehungerten Wechselbalg anhängen. Die Versicherung des Meisters, man würde Bubi umgehend aufschneiden und noch zwei Kilo Werg hineinpressen, trug in keinster Weise zur Beruhigung der Rasenden bei. Sie zog mit der Versicherung, daß sich bald schon Gerichte der Angelegenheit annehmen würden, ab.
Zwar kam es zu keiner Verhandlung, da die Justiz mit dringlicheren Fällen beschäftigt war, aber der angebliche Betrug sprach sich unter den Tierhalterinnen des Bezirks in Windeseile herum. Die ohnedies prekäre Auftragslage verschlechterte sich in einem Maße, daß der Meister gezwungen war, seine verbliebenen, durch die Stürme der Zeit geretteten Habseligkeiten zu verpfänden. Mit ungeheurem Grimm trug er Woche für Woche Gegenstände ins Leihhaus, die ihm lieb und teuer waren; eine kleine, verschließbare Holzkassette, in der ein deformierter Metallklumpen mit angehängter Visitkarte des Leibkammerdieners Eugen Ketterls lag, auf der dieser bestätigte, „daß beiliegende Gewehrkugel bei der Hochwildjagd am 18. August 1907 in Bad Ischl von Erzherzog N.N. eigenhändig verschossen wurde." Ein alpenländisches, von einem unbekannten Meister gefertigtes Bildnis vom Martyrium des Heiligen Bartholomäus, dem Schutzpatron seiner Zunft. Die Häutungsszene war beeindruckend realistisch wiedergegeben. Ein Konvolut Anerkennungsschreiben aus den ersten Häusern der alten Monarchie. Nach langem Ringen schließlich auch das huldvoll vom Kaiser geschenkte Hirschgeweih, an dem zu Weihnachten das Lametta hing. Die vom Versatzamt-

Kassier ausgehändigten Summen waren stets geringer, als von Kornfeind erhofft, aber immerhin deckten sie die allernötigsten Lebensbedürfnisse ab.
Zwischen dem Meister und seinem Lehrling wuchsen die Spannungen. Meist saßen beide beschäftigungslos in der Werkstatt, deren Totenstille nun nicht einmal mehr von Arbeitsgeräuschen gemildert wurde, und starrten mit erloschenem Blick zur Türe, die sich nur noch selten öffnete.
Die Lektüre des zuletzt geführten Geschäftsbuches erweckte Unbehagen, die Spalten der Rubrik „Eingänge" verzeichneten zwei Wellensittiche, ein Arrangement aus Wachtelmutter mit drei Kücken, einen Karpfen und eine Taube von der so genannten „Vogelfrau", einer verwirrten Alten, die in unregelmäßigen Abständen eine verendete Taube und eine Handvoll Kleingeld auf die Ladenbudel legte und ohne ein Wort zu sagen wieder verschwand. Ihre Wohnung war von Schwärmen ausgestopfter Vögel bevölkert.
Irgendwann ging es beim besten Willen nicht mehr. Eines Vormittags öffnete sich die Tür und ein magenkrank aussehender Mann betrat die Werkstatt. Nach einem kurzen Gespräch mit dem Meister beklebte er die verbliebenen Gegenstände mit weißen Vogelmarken. Als der Exekutor gegangen war, packte den Meister ein Tobsuchtsanfall. Sein entfärbtes Gesicht nahm eine zartrosa Tönung an. Er bezichtigte den Lehrling die alleinige Schuld an der gegenwärtigen Misere zu tragen. Der Lehrling agierte wenig diplomatisch und warf seinerseits dem Meister Dinge an den Kopf, die besser ungesagt geblieben wä-

ren. Der Ausbruch endete mit einem Ultimatum: Alois bekam 20 Minuten um seine Sachen zu packen und zu verschwinden. Es beanspruchte nicht einmal die Hälfte der Zeit, alle Besitztümer zu verstauen und die Werkstatt grußlos zu verlassen.

Junge Männer in abgetragenen Kleidern und unter dem Arm geklemmten Pappkarton fielen im Straßenbild des Jahres 1933 nicht sonderlich auf. Alois war von einem Gefühl der Gelassenheit erfüllt, einem Gefühl, das durch nichts gerechtfertigt schien. Er stand im 19. Lebensjahr, besaß weder Lehrzeugnis noch Empfehlungsschreiben, die Börse, welche er durch frühere Erfahrung gewitzt nun in der Innentasche seines Mantels trug, enthielt keine nennenswerten Summen. Nach der Ausbildung, die er in den letzten Jahren erhalten hatte, herrschte keine Nachfrage, es gab niemanden, an den er sich hätte wenden können.
Dennoch summte Alois vergnügt die Melodie eines Kirchenliedes vor sich hin. Er kannte keine anderen.
In der Ausgabe der Reichspost, in die der letzte Auftragskarpfen eingewickelt gewesen war, hatte er einen Beitrag über das Naturhistorische Museum gelesen.
Der Artikel kam ihm, der über wenige Vergleichsmöglichkeiten verfügte, spannend geschrieben vor.
„Das Naturhistorische Museum in Wien", hatte es geheißen, „birgt Schätze sonder Zahl. Wen je ein gnadenvolles Geschick in die Räumlichkeiten des majestätischen Ringgebäudes geführt hat, der wird sich beim Gang durch die Sammlungen, die nicht Ihresgleichen in der Welt haben, der kulturellen Sendung Österreichs bewußt.
Mag die politische Bedeutung unseres Landes auch

gesunken sein, auf den Gebieten von Kunst und Kultur ist Österreich eine der ersten Mächte auf Erden.
Der sich in dem Hause stapelnde Reichtum der Natur läßt dem staunenden Betrachter die Sinne förmlich übergehen, egal ob er sich gerade in der Zoologischen, der Mineralogisch-petrographischen, oder der Anthropologisch-prähistorischen Abteilung befindet. Die Reichhaltigkeit der einzelnen Abteilungen nötigt dem Berichterstatter einen schmerzlichen Verzicht auf weitere Ausführlichkeit auf, doch möchte er es nicht verabsäumen auf Saal XIV hinzuweisen, wo erst kürzlich eine dem Auge gefällige Neuaufstellung von Modellen aller Menschenrassen erfolgt ist.“ In diesem begeisterungsschwangeren Ton ging es weiter. Für Alois war weniger die minutiöse Beschreibung der Mollusken, Krebse, Spinnen, Zoophiten, Insekten und Würmern von Interesse, als der Hinweis auf die Legionen von Stopfpräparaten. An einem Ort wie diesem mußte doch eine Beschäftigung zu finden sein. Vorübergehend, bis sich etwas Besseres fände. Tatsächlich drang er bis zum Abteilungsleiter, einem fettleibigen, chronisch unterbeschäftigten Hofrat vor. Dieser hörte sich, in einem weichen Lederfauteuil sitzend, das Anliegen des vor ihm Stehenden desinteressiert an. Dann rührte er lange in seinem erkalteten Mokka und sagte, ein Gähnen unterdrückend:
„Bedaure, eine solche Stelle ist im Moment nicht disponibel, werden uns aber erlauben, Sie in Evidenz zu halten. Bringens halt nachher das Lehrlings- und das polizeiliche Führungszeugnis ins Sekretariat.“

Alois, der weder mit dem einen noch dem anderen dienen konnte, flüchtete hastig. Als er endlich wieder zur Ruhe gekommen war, begann er sich den Kopf über den nächsten Schritt zu zerbrechen, mußte sich aber eingestehen, daß er nur über diesen einen, fehlgeschlagenen Plan verfügte. Einem genetisch determinierten österreichischen Trieb gehorchend, überquerte er den Ring und ging durch den äußeren Bogen des Neuen Burgtors in die Hofburg. Auf dem Heldenplatz bäumten sich in größter Vollkommenheit die bronzenen Pferde auf ihren Denkmalsockeln.
Ein starker Wind fegte über den Platz und erfüllte die Luft mit jenem feinen Kalk- und Kiesstaub, der, wie man in alten Wienführern nachlesen kann, *sich vorzüglich auf die Lunge setzt, und ihr alle Krankheiten erzeugt, deren sie empfänglich ist*. Hustend marschierte er weiter. Die Fassaden der Gebäude hatten an Glanz stark verloren, auch die Vorübereilenden wirkten schäbig und rochen schlecht. Letzteres störte ihn nicht, er hatte in den vergangenen Jahren seinen Geruchsinn weitgehend eingebüßt. Alois warf einen Blick auf den Schweizerhof, passierte den Leopoldinischen Flügel, durchschritt die Kuppelhalle des Michaeler Traktes. Am von Rudolf Weyr gestalteten Monumentalbrunnen „Macht zur See" wusch er sich den Staub aus dem Gesicht. Er war jetzt am Michaelerplatz, einst Treffpunkt der eleganten Welt. Hier war das Geschäft von Kornfeind gewesen, damals, in den goldenen Tagen. Nebenan die Michaelerkirche, vor der ein Mönch mit einem handgeschriebenen Plakat für einen Ausflug in die Gruft warb: „Besuchen

Sie die vortrefflich erhaltenen irdischen Überreste des italienischen Hofdichters Pietro Metastasio, der weißen Frau sowie einer Fülle unbekannter Wiener Bürger des 18. Jahrhunderts.“ Alois, dessen irdisches Gruftbesuchspensum bereits übererfüllt war, eilte weiter. Er hatte keine Augen für die prächtigen Auslagen, nur vor einem Jagdgeschäft hielt er, angelockt von einigen Trophäen, kurz inne. Es gebrach ihm aber an Mut hineinzugehen und um Arbeit vorstellig zu werden.

Verloren stand der Jüngling mit dem Pappkarton am Rand des Stephansplatzes. Hier befand sich der Stock im Eisen, seit Jahrhunderten Treffpunkt vazierender Handwerksgesellen. Die Gesellen der Gegenwart schienen alle in festen Arbeitsverhältnissen zu stehen. Es waren nur zwei ältliche, in Loden gehüllte Hofratsgemahlinnen zu sehen, die sich beim Hundeausführen über die Sorgen des Alltags austauschten.

„Gott, als ob es nicht lästig genug wäre: Da geben wir heut eine Gesellschaft, Amtsvorsteher Pemper, Heimwehrwart Amselberg und Professor Mayer kommen mit ihren unmöglichen Gattinnen und mir wird das Dienstmensch krank! Na, ich hab die Person gleich hinausgeworfen. Kannst mir mit deiner aushelfen?“

„Tät ich schrecklich gern, aber weißt, wir haben heute unseren Wohltätigkeitstee zugunsten der verschämten Armen, da brauch ich den Trampel. Kann ja schließlich nicht gut selbst servieren und aufwarten.“

„Versteh dich völlig, meine Liebe! Na, bleibt halt die Köchin länger. Die wollt zwar heut zu ihrer Mutter in die Versorgung nach Lainz, mit der geht es zu Ende,

aber unter diesen Umständen kann ich sie natürlich nicht gehen lassen. Muß die Mutter halt noch ein bisserl zuwarten mit dem Sterben!"
Die Damen lachten über den köstlichen Witz.
„Also, wir sehen uns dann am Freitag in der Oper!"
„Du, ich freu mich schrecklich!"
Alois starrte gebannt auf die Hunde. Sie ähnelten prall gefüllten Würsten und schnauften. Zwei Traumaufträge für einen Präparator, allein die veranschlagten Kosten für die Roßhaarfüllung schätzte er höher ein als die Summe, die er bei sich trug. Die Damen entschwanden, die keuchenden Hunde hinter sich herziehend. Seine Aufmerksamkeit wurde alsbald von einer lautstark geführten Auseinandersetzung gefesselt. Am Fiaker Standplatz schräg gegenüber brüllte ein Kutscher den Roßknecht zusammen. Ein so ein Trottel sei ihm noch nicht untergekommen. Wo er sein Handwerk gelernt habe? Striegle die Pferde gegen den Strich, tränke und füttere sie in einem Rhythmus, daß sie todsicher die Scheißerei bekämen und den ganzen morgigen Tag unnütz fressend im Stall herumstünden. Er werde ihn lehren, was es heiße zu pfuschen.
Der Roßknecht, er mochte im Alter von Alois stehen, versuchte eine schwache Geste des Protests, die durch einem vom Bock des Wagens ausgeführten Peitschenhieb unterbrochen wurde. Der Geschlagene hielt sich die Wange, seine Finger färbten sich rot.
„Verschwind!", klang es verächtlich vom Kutschbock. Der Junge taumelte weg. Hätte man gewollt, wäre die Blutspur die er hinterließ noch lange zu verfolgen gewesen.

Die sich noch innerhalb des Peitschenradius befindlichen Leute sahen zu, daß sie aus der Gefahrenzone kamen. Mit Fiakern, das wußte jeder, ist nicht gut Kirschen essen, viele von Ihnen sind einschlägig vorbestraft, meist wegen schwerer Körperverletzung, etwas anderes kennen sie nicht. Der Fiaker deutete auf Alois.
„Du nicht, du bleibst da!“
Alois erstarrte vor Schreck. Der Fiaker betrachtete ihn eingehend. In seinem Blick lag der Ausdruck eines Bauern auf einer Viehauktion, kurz vor einem wohlfeilen Kauf. Das neue Opfer erweckte sein Wohlgefallen, es schien zäh und ausdauernd, würde in der Haltung wenig kosten und seelisch aller Voraussicht nach leicht zu brechen sein. Der Knabe wirkte nicht so, als ob er über einen eigenen Willen verfüge.
„Uns ist ein Wasserer ausgefallen. Hast eh gsehn. Kannst gleich anfangen. Kost und Logis frei, ja und wegen dem Geld wer ma noch sehen, da wer ma kan Richter brauchen.“
So wurde Alois ein Wasserer, wie das Hilfspersonal der Fiaker genannt wird. Die neue Arbeit entsprach der Beschäftigungstradition der väterlichen Ahnen, von denen viele Roßknechte gewesen waren. Für Alois, der den Umgang mit lebenden Tieren nicht gewohnt war, darüber hinaus eine ausgeprägte Abneigung gegen Pferde hegte, gestalteten sich die Monate, die folgten, als einziger, langer Alptraum.
Dem vom Kutscher erstellten Psychogramm entsprach er vollkommen: Alois war furchtsam, schuftete wie ein Sklave, schlief im Stall und wagte es nie um die Aus-

zahlung des Lohnes zu bitten. Er hatte ausgesprochenes Pech, die Fiakerunternehmung „Bratfisch Nachfolger", in deren Leibeigenschaft er stand, galt als härtester Dienstgeber der Branche. Nachts plagten ihn schlimme Träume, in denen er unter den Schlägen und Verwünschungen seines Chefs unendliche Reihen von Pferden ausstopfen mußte.

Eines frühen Abends stand er, erfüllt von tiefem Kummer beim Standplatz, als ihm ein angeheiterter Kutscher „Burschi, steig ein!" zurief.

Was dann geschah, war ungeheuerlich. Er bewegte sich in der sacht schaukelnden Kutsche gleich einem Herrn und lauschte dem Fiaker, der mit angenehmer Naturstimme Altwiener Weisen sang. Die Fahrt zog sich hin, sie endete bei einem leprösen Haus, das in seinem Keller ein illegales Sturmlokal mit angeschlossener NSDAP-Dienststelle beherbergte. Alois' Führer klopfte die ersten vier Takte des Badenweiler Marsches gegen die Pforte, der Schuber des Gucklochs wurde aufgetan, eine heisere Stimme verlangte die Parole. Alois vernahm ein geflüstertes „Röhm", worauf sich die Eingangstüre öffnete. Ein Schwall bier- und tabakgesättigter Luft drang nach draußen. Drinnen tummelten sich Gestalten, die zum Teil in schlecht geschnittenen Uniformen staken. In Alois weckten die kuhbraun Gewandeten ein Zugehörigkeitsgefühl, das ihm gleichzeitig fremd und angenehm war. Das Vokabular war ihm vertraut; Rasse, Zuchtwahl, Schädling, all das kannte er aus seiner Tätigkeit als Präparator und Roßknecht. Sein Begleiter führte ihn mit den launigen Worten: „Ich bring' euch einen Neuen, gebt ihm was zum Essen“ ein. Auf Geheiß des Ortsgruppenleiters Ernst, eines dürren, hoch manischen Gesellen, wurden Alois zunächst einige Anmeldeformulare gereicht. Faistenzeck, der sehr hungrig war, füllte sie geschwind aus. Danach kredenzte man Gulasch und Bier.

„Alois“, meinte der Ortsgruppenführer anerkennend, „wie der Vater des Führers! Das klingt ja eigentlich recht viel versprechend.“ Ernst übte in seiner Ortsgruppe jene form von Herrschaft aus, die von Max Weber als charismatische bezeichnet wird. Die so genannten kleinen Leute verstanden seine Sprache; wenn Ernst sich bei den Veranstaltungen der Partei vor den apathisch im Extrazimmer eines heruntergekommenen Wirtshauses Herumlungernden aufpflanzte und die Gründe für die herrschenden Mißstände auf eine Weise geißelte, daß sie auch der Dümmste verstand, wollte der Jubel kein Ende nehmen. Ernst war und verstand sich als Vorstadttribun, sein Cetero Censeo, mit dem er bei Veranstaltungen rauschende Erfolge feierte lautete:

„Im Übrigen bin ich der Meinung, daß auch der kleine Mann wochentags sein Schnitzel essen können soll, nicht nur der marxistische Judenbonze von der Vaterländischen Front.“

Als der erste Hunger gestillt war, forderte Ernst den Novizen auf, ihm doch ein wenig aus seinem gewiß entbehrungsreichen Leben zu berichten. Faistenzeck, nicht gewohnt, daß seine persönliche Befindlichkeit Gegenstand fürsorglicher Nachfrage war, war zutiefst bewegt. Als er seine Erzählung beendet hatte, zog Ernst ein zerlesenes Buch aus der Tasche, das einem Brevier nicht

unähnlich sah. Er hielt es Alois unter die Nase und erklärte ihm mit ehrfürchtig gedämpfter Stimme, daß diese Schrift das Alpha und Omega der Bewegung sei. „Das ist gewissermaßen unsere Bibel“, stellte er feierlich fest, „sie liefert die Antwort auf jede erdenkliche Frage. Die dich betreffende lautet: Haben Pferde Zukunft?“
Er schlug das Buch auf, sein ungepflegter Zeigefinger fuhr das Personen- und Sachregister entlang. „Pferd, Pferd“, murmelte er, „*Parlamentarismus, Partei, Passiver Widerstand, Pazifismus, Pazifistisch-humane Idee, Persönlichkeit, Pflichtbewußtsein*, nein, schon zu weit. Warte, ich glaube, das war in: *Der Arier als Kulturbegründer.“* Ernst blätterte hektisch. „Da haben wir es schon. Hör zu: *Das Wort: „Der Mohr hat seine Schuldigkeit getan, der Mohr kann gehen“ hat leider seine nur zu tiefe Bedeutung. Jahrtausendelang mußte das Pferd dem Menschen dienen und mithelfen, die Grundlagen einer Entwicklung zu legen, die nun infolge des Kraftwagens das Pferd selber überflüssig macht. In wenigen Jahren wird es seine Tätigkeit eingestellt haben,* und so weiter und so fort. Soweit Adolf Hitler. Das aber bedeutet, daß sich das Zeitalter des Pferdes dem Ende zuneigt. Du tätest gut daran, den Kraftwagenschein zu erwerben.“
Ernst blickte manisch.
„Ja, das ist es, was du brauchst. Die Erlaubnis zur Führung eines Wagens mit Verbrennungskraftmaschine. Die Partei wird das finanzieren, die Bewegung läßt keinen Not leidenden Volksgenossen im Stich. Freilich müßtest du deine Kraft und Fähigkeit dann ganz in ihre Dienste stellen.“

Faistenzeck tat dies in Ermangelung anderer Optionen sehr gerne. Er absolvierte die vorgeschriebenen Prüfungen und trat eines schönen Julimorgens als Chauffeur in die Dienste des Charismatikers. Sein Erstaunen war groß, als Ernst nicht zu einem Heurigen oder Biergarten gefahren werden wollte. Statt dessen begann dieser, einen langwierigen Vortrag über eine französisch klingende Schmach sowie die notwendig gewordene Zerschmetterung der Unrechtsgrenze zu den deutschen Bruderstämmen im Norden zu halten.
Alois, der sich im Geiste schon bei Wein und Bier gesehen hatte, ärgerte sich nicht schlecht. „Das kannst du mir aber auch beim Wirten sagen“, meinte er mürrisch. Ernst warf Faistenzeck einen tadelnden Blick zu. „Du kannst es noch nicht erfassen“, sagte er schließlich. „Aber die Vorsehung hat großes mit uns vor. Morgen werden wir diese ideologische Mißgeburt Österreich von der Karte ausradieren, seine Regierung kassieren und uns dem großdeutschen Reich anschließen. Eine gewaltige Verantwortung lastet auf unseren Schultern. Es ist wichtig, daß wir eiskalt und klar bleiben. Aber vielleicht können wir morgen Abend schon ins Wirtshaus.“
Sie feierten den geplanten Anschlag am nächsten Tag nicht im Wirtshaus, denn Faistenzeck hatte es verpatzt. Vor Gericht vermochte Alois die Schuld auf den beim Attentatsversuch schwer verletzten, der Sprache verlustig gegangenen Ernst zu schieben, was ihn vor dem Galgen rettete. Seine entwaffnende Naivität berührte die Geschworenen. Als staatsgefährdendes Element im Anhaltelager Wöllersdorf interniert, sollten die folgenden

Jahre nicht zu den glücklichsten seines Lebens gehören. Sie waren freilich auch nicht die schlechtesten.

Im Frühjahr des Jahres 1938 feierte Österreich Triumphe, es kehrte heim ins Reich. Als alter Kämpfer, der in der *Systemzeit* Verfolgung und Einkerkerung hatte erdulden müssen, war Alois von der Erwartung durchdrungen, daß nun endlich die Tage auf dem Faulbett angebrochen wären. Weit gefehlt; zwar gab es Stellen, die vakant wurden, aber bei weitem nicht so viele, wie Deutsche aus dem Altreich ins Land strömten. Für die Kameraden der Ostmark blieben nur die wenig begehrenswerten Posten übrig. Zu diesen zählte auch Alois neue Tätigkeit; aus Gründen, die vermutlich in seiner beruflichen Vergangenheit als Roßknecht zu suchen waren, avancierte er zum stellvertretenden Direktor des Museums für Beschirrungs- und Sattlungslehre, Huf und Klauenkunde.

Die Arbeit behagte Faistenzeck ganz und gar nicht. Die beiden Museumsdiener erwiesen sich als ähnlich unterhaltsam wie die Objekte der Schausammlung selbst. Lediglich einem älteren Herrn, seines Zeichens einer der letzten 25 noch lebenden Anhänger des Gründers und Wegbereiters des großdeutschen Reiches, Georg Ritter von Schönerer, konnte eine gewisse Vitalität nicht abgesprochen werden. Leider erwies sich der Schönerianer nicht nur als Alois Vorgesetzter, sondern auch als regelrechte Plage.

„Das Werk", rief er mit quäkendem Diskant, „das Werk kann erst dann als vollendet betrachtet werden, wenn die

Loslösung von Rom auch noch in aller, allerletzter Konsequenz gelungen ist. Noch aber ächzt Germaniens Dom unter dem Diktat des kirchlichen Kalenders. Es ist mir unverständlich, daß der Führer, dieser vom Himmel gesandte Mann, der Deutsch-Österreich aus tiefster Knechtschaft befreit hat, vor diesem letzten, entscheidenden Schritt zurückschreckt. Die Zeitrechnung nach Noreia ist dem nordisch fühlenden Menschen doch bedeutend näher, als die jetzt in Verwendung stehende. Gewiß teilen Sie meine Ansicht, nicht war, Faistenzeck?!"
Alois nickte matt. Am Ende des ersten Arbeitstags war Faistenzeck mit allem, was es über den Kalender zu wissen gab, vertraut. Er wußte, daß dieser im Jahr 113 vor unserer Zeitrechnung mit einer gewonnenen Schlacht der Kimbern gegen die Römer seinen Anfang nahm, daß man folglich nicht vom Jahr 1938 sprechen könne, sondern eigentlich 2051 schrieb. Ferner war ihm bekannt, daß die gängigen Kalendermonate Jänner, Februar und so weiter germanischem Geist und germanischer Empfindung diametral zuwiderliefen, während die Bezeichnungen Hartung, Hornung, Lenzmond, Ostermond, Maien, Brachmond, Heuert, Ernting, Scheiding, Gilbhart, Nebelung und Julmond die Seele des völkisch empfindenden Menschen mit jubelndem Entzücken erfülle. Faistenzeck kannte den Typus des Schwätzers aus der Zeit im Lager, doch erwies sich auch seine Leidensfähigkeit als begrenzt. Er hielt den Ausführungen des seltsamen Quälgeistes einige Monate lang stand, dann vereinbarte er, man schrieb den 18. Julmond, einen Termin mit seinem SA-Vertrauensmann im Gauamt.

Dieser, als Reichsdeutscher von Alois nicht nur durch die Sprache getrennt, empfing den Bittsteller mit aufgeräumter Unverbindlichkeit. Er hatte zuvor Faistenzecks Personalakte mit Gründlichkeit studiert und ihr entnommen, daß es sich bei dem lästigen Besuch um einen jener problematischen ostmärkischen Kameraden handelte, deren Konduite etwas undurchsichtig schien. Zwar könne, so der von eifriger Hand in beklagenswertem Deutsch geschriebene Akt nicht bestritten werden, daß Faistenzeck im Jahre 1934 als Angehöriger der Einsatzgruppe Meidling an einem Putschversuch teilgenommen habe, dem sei aber anzumerken, daß Faistenzeck in seiner Rolle als Führer der Kraftdroschke kläglich versagt habe. Vermutlich angetrunken, habe er die Kraftdroschke bereits am Weg zum Einsatzziel gegen einen Baum gefahren, wobei sich der neben Faistenzeck befindliche, in jeder Hinsicht *verdienstvolle Tatmensch* Ernst Verletzungen zugezogen habe, an deren Spätfolgen er noch laborierte, als ihm der Henker unter den ständestaatlichen Würgegalgen schleppte. Für Ernst, mithin ein *Blutzeuge der Sturmabteilung, der starb damit Deutschland lebe* strebe die Einsatzgruppe Meidling beim Hauptgauhaus in Nürnberg ein Verfahren für die amtliche Ernennung zum Märtyrer der Bewegung an, welches seit Jahren laufe und aus dem einzigen Grund noch nicht abgeschlossen sei, da man sich in der Frage unschlüssig war, ob Ernst mit der Auswahl Faistenzecks als Fahrer nicht klar bewiesen habe, daß er eben nicht über jene Führungseigenschaften verfüge die unabdingbar vonnöten seien, um in das stolze Walhalla der Bewegung einzutreten.

Beim Eintreffen der Exekutivgewalt war Faistenzeck nämlich aus dem Auto gekrochen, auf den Knien zum Wachtmeister hingerutscht, dessen Beine er umklammerte und ihm schluchzend und ohne eigentliche Notwendigkeit von den Attentatsplänen erzählte. Der solcherart umschlungene Wachtmeister, wie das Gros der Polizeibediensteten selbst ein verkappter Nazi, sei von der hündischen Würdelosigkeit des Volksgenossen auf das tiefste abgestoßen gewesen, konnte aber nicht angemessen reagieren, da der ihn begleitende Kollege ein Knecht der Systemzeit gewesen war.
Auch während seiner Haft habe sich Faistenzeck alles andere als mustergültig verhalten. Wiederholt mußte beobachtet werden, wie Faistenzeck beim Auftauchen der Wärter lautstark „Treu Österreich" und „Heil Schuschnigg" rief. Auch sei er bemüht gewesen, sich durch das Verschenken selbstgefertigter knöcherner Behältnisse, deren Deckel mit dem Krukenkreuz versehen waren, Vergünstigungen im Lagerleben zu verschaffen.
Nach der Generalamnestie war Faistenzeck, vermutlich weil er nicht wußte, wohin sonst, wieder bei seiner alten Ortsgruppe aufgetaucht. Man stellte ihn vor ein geheimes Parteigericht, das Faistenzeck mangels Beweisen jedoch freisprechen mußte. Sein ehemaliger Vorgesetzter Ernst war tot, desgleichen der Nazipolizist, der sich beim Reinigen seiner Waffe versehentlich erschossen hatte. Blieb Faistenzecks Verhalten im Lager. Die Treu- und Heilsbekundungen waren schlecht abzustreiten. Der Angeklagte vermochte die Beisitzer jedoch davon zu überzeugen, daß sie nie ohne Spott gerufen worden waren. Blieben

die Dosen und damit einhergehenden Vergünstigungen. Faistenzeck konnte glaubhaft versichern, daß die so genannten Vergünstigungen darin bestanden, vermehrt Briefe und Karten zu schreiben, daß er dieses Vorrecht kein einziges Mal in Anspruch genommen hatte und zwar ausschließlich aus Kameradschaftsgeist. Da diese Angabe weder bestätigt noch widerlegt werden konnte, war nichts übrig geblieben als dem Rehabilitierten eine zweite Chance einzuräumen.
In den beiden Jahren vor dem Anschluß fand er als Meldegänger Verwendung, eine Aufgabe die Parteigenosse Faistenzeck auch klaglos erfüllte. Der Akt empfahl die Einsetzung Faistenzecks auf einem Gebiet, wo er tunlichst keinen Schaden anrichten könnte, im Fall einer Beschwerdeführung sei der Kamerad möglichst langfristig abzuwimmeln.
Der Vorgesetzte hörte sich Alois gestammelten Bericht über die Unzumutbarkeit seiner Aufgabe aufmerksam an, lauschte der Klage über die im Museum herrschende Langeweile, der er ausgesetzt war, er, ein Alter Kämpfer, welcher die wohl besten Jahre seines an Leid und Sorge nicht armen Lebens der *Bewegung* dargebracht und es nun wohl verdient habe an einem etwas spannenderen Abschnitt der Arbeitsfront eingesetzt zu werden. Irgendwann wurde es dem Reichsdeutschen zuviel; er unterbrach den weinerlichen Vortrag mit einem gebellten „Schon gut, Kamerad!" und gab ihm mit einer knappen Handbewegung zu verstehen, daß er sich setzen könne. Dann fragte er den Verdutzten, ob er ihm den Aufenthalt in seinem Büro nicht durch eine kleine Erfrischung, Bier

oder Rauchwaren etwa, angenehmer gestalten könne. Faistenzeck bejahte freudig. Das Gesicht des Vorgesetzten versteinerte:
„Da haben wir es, Kamerad. Da liegt ja schon das Übel begraben. Wer meinst du, ist dem SA- Mann leuchtendes Vorbild?!“
Faistenzeck dachte angestrengt nach. Man sah förmlich, wie er sich sein Gehirn zermarterte. Freilich, es hatte während seiner Anfangszeit im Sturmlokal einen Einführungskursus zum Thema Nationalsozialismus gegeben, doch war dies lange her. Schließlich preßte er ein zaghaftes „Röhm“? hervor. Dem Vorgesetzten verschlug es die Sprache. Mit größter Willensanstrengung kämpfte er den Drang nieder, die Pistole aus dem Halfter zu reißen und den Idioten vor ihm niederzuschießen. Als er seine Fassung wiedergewonnen hatte, antwortete er betont ruhig:
„Nein, mein Lieber. Alle, nur nicht Röhm. Ich spreche natürlich von Adolf Hitler. Unser Führer Adolf Hitler trinkt nie einen Tropfen Alkohol und raucht auch nicht. Gleiches erwartet er von seinen Gefolgsmännern. Nur so war es ihm überhaupt möglich, den von bolschewistischen Zerstörungsgiften schon durch und durch angefressenen deutschen Volkskörper zu retten. Überhaupt der Volkskörper, ein ganz wichtiger Punkt, Kamerad. 1683 ist das germanische Blut im Wiener Volkskörper noch konzentriert genug gewesen, um den Angriffen aus dem türkischen Lager standzuhalten. Ein völkischer Schild, wenn du verstehst, Kamerad. Leider hat sich im Laufe der Zeit dies Blut bedenklich verdünnt. Weil – du verzeihst

schon Kamerad, in der Monarchie ja alles, also wirklich alles drübergegangen ist. Ich habe mich schlau gemacht, also wirklich, ist ja un-ge-heu-er-lich! Der Tscheche, der Pole, der Ruthene, der Slowake, der Serbe, der Kroate, der Bosnier, der Slowene, der Ungar, der Italiener, gut, über den Italiener will ich nichts sagen, der ist ja jetzt ein Verbündeter, nichtwahr, aber dann noch der Rumäne, der Walache, der Zigeuner, nicht zu vergessen das in zahllosen Verkleidungen agierende internationale Judentum. Aber jetzt wird endlich einmal gründlich saubergemacht, Kamerad. Ich wurde aus seriöser Quelle informiert, daß Himmler bei Schönbrunn eine Zuchtstätte deutschen Blutes errichten wird. Kasernen für die Schutzstaffel. Gegenmaßnahmen, wenn du verstehst, was ich meine. Zur Aufnordung des Volkskörpers. Freilich, das dauert seine Zeit: Ehe die Kameraden von der SS ihr Werk beginnen können, ist die SA angehalten, die Aufnordung der Ostmark mit – allen – zur – Ver–fü–gung stehenden Kräften voranzutreiben. Eine an sich ja nicht unbedingt rasend unangenehme Aufgabe, wenn du verstehst, was ich meine."
Er hielt kurz inne und bedachte Faistenzeck mit einem hypnotisierenden Blick.
„SA Mann Faistenzeck, hast du ein Mädel, hast du Kinder?!" Er wartete die Antwort gar nicht ab. „Nein? Warum nicht? Bist du etwa einer von der Röhm-Partie?!"
Faistenzeck verstand die Frage nicht, wohl aber den Tonfall in dem sie vorgetragen wurde und schüttelte hastig den Kopf.
„Nicht? Na gut. Die Papiere sind ja so weit in Ordnung. Kein einmaliges Material freilich, aber für Wiener

Verhältnisse mag es angehen. Dein Kopf allerdings, du erlaubst schon Kamerad, dein Kopf entspricht nicht gerade dem Ideal eines nordischen Schädels."
Er musterte den linkisch Dasitzenden aufmerksam. Dann meinte er im abschätzigen Tonfall:
„Eher so baltisch-ostisch. Was das betrifft, da mußt du schon zusehen, daß sich da was bessert und Obacht geben, bei der Zuchtwahl. Hier in Wien ist es ja schwierig, was Passendes zu finden. An der Waterkant, wo ich herkomme, dort ja! Kein Bubikopf, dafür kornblumenblaue Augen und zwee blonde Zöpf'."
Der Vorgesetzte versank in eine augenscheinlich angenehme Erinnerung. Faistenzeck, alles andere als heldisch veranlagt, nahm allen Mut zusammen und machte den Reichsdeutschen darauf aufmerksam, daß er eigentlich wegen der Arbeit gekommen war. Der Reichsdeutsche blickte ungnädig auf.
„Die Arbeit, ja. Die Arbeit, gewiß. Hier gilt das eherne nationalsozialistische Gesetz, auf dem Platz, wo einem die Vorsehung durch die Partei hingebracht hat, rücksichtslos und fanatisch für das Werk des Führers einzustehen. Gleich ob es einem dort gefällt oder nicht! Vorläufig mußt du abwarten. Geh' erst einmal deiner völkischen Pflicht nach. Wenn dein Mädel das bronzene Mutterkreuz trägt, magst du wiederkommen. Und jetzt Abmarsch! Heil Hitler, Kamerad!"

Alois trottete mit gesenktem Blick heim zu seiner Gattin. In seiner baltisch-ostischen Rassenseele kochte es. Das Ehrenkreuz der Deutschen Mutter in Bronze, ein schmu-

cker Orden mit Hakenkreuz und dem Spruchband *Der deutschen Mutter* wurde erst nach der Geburt des vierten oder fünften Kindes verliehen. Auch bei allergrößter Anstrengung würde es mehr als drei Jahre kosten, ehe er wieder im Gauamt wegen einer beruflichen Veränderung würde vorstellig werden können.
Hoffentlich war die Frau schon schwanger, hoffentlich mit Zwillingen. Die Frau, ja. Sie würde vom Ausgang der Geschichte nicht erfreut sein.
Am, wie die Gattin bereits müde wurde zu beteuern, „glücklichsten Tag ihres Lebens“ hatten sie einander kennen gelernt. Der Zufall brachte sie nächst der Stelle zusammen, wo der Führer Quartier genommen hatte. Angetan mit zwei Werbetafeln, auf denen das wenig einnehmende Konterfei Hitlers samt dem Schriftzug „Heil der Ostmark größtem Sohn!“ prangte, war Faistenzeck beauftragt worden, auf der Ringstraße kleine, für den Anschluß an das Deutsche Reich werbende Zettelchen mit der Aufschrift „Ich stimme freudig mit JA!“ zu verteilen. Es war nicht leicht gewesen, mit den sperrigen Schildern an Brust und Rücken in der Menge fortzukommen. Vor dem Hotel Imperial ging es beim besten Willen nicht mehr weiter. Alois fühlte sich, eingekeilt in der jubelnden Masse allerdings überaus wohl. Selten hatte er ein ähnliches Gefühl der Geborgenheit gekannt. Energetisch gab der Nationalsozialismus doch bedeutend mehr her als die kirchlichen Veranstaltungen seiner Kindheit. Zudem preßte sich ein dunkler Bubikopf an das vorne getragene Führergesicht.
„Wir wollen unseren Führer sehen, wir wollen unseren

Führer sehen!" skandierte die Menge. Besonders laut plärrte der Bubikopf. Der Behagen auslösende Schopf gehörte Fräulein Leopoldine Gries, die auf eine begehrenswerte Figur, einen dinarischen Kopf und braune Augen verweisen konnte. Fräulein Gries war eine jener Frauen, die als lustig gelten, und auf ihren Ruf als *virgo intacta* nicht mehr achten müssen. Sie nahm, nachdem der Führer fast so leutselig wie einst der Kaiser die draußen tobende Menge gegrüßt hatte, Faistenzecks Einladung, ohne sich zu zieren, an.
Es folgte ein beschwingter Abend im SA Heim. Daß für das Grammophon nur ein einziger Schellack vorhanden war, tat der guten Stimmung keinen Abbruch. Unter den Klängen des sich perpetuierenden Horst Wessel Liedes floß das Bier in Strömen. Als die Uhr 11 schlug, tranken sie aus dem verschwitzten Käppi Faistenzecks Bruderschaft. Keine Stunde später fielen sie, berauscht von den Ereignissen des Tages und den Getränken des Abends, in einer Kammer nächst dem Abtritt übereinander her. Abgesehen von etwas Auto- und Anhaltelagererotik handelte es sich um Faistenzecks erstes relevantes sexuelles Erlebnis. Er war begeistert.
Leopoldine war des Daseins in möblierten Untermietszimmern für allein stehende Frauen leid. Auch wußte sie, daß sie in wenigen Jahren noch ganz andere als Faistenzeck nehmen werde müssen. So bedurfte es keiner langen Überlegung, als Alois nach wenigen Tagen mit den denkwürdigen Worten „Jetzt hab' ich mich schon so an dich gewöhnt, können wir heiraten auch gleich", um ihre Hand anhielt.

Den Revers der SA-Uniform mit dem Parteiabzeichen geschmückt, in der Hand der Braut ein Bouquet aus Eichenlaub und Kornblume, betrat man das Standesamt. Alois war für die nahe Zukunft eine gut besoldete Stellung zugesichert worden. Man habe die stellvertretende Leitung einer weltweit wohl einmaligen Sammlung im Auge. Leopoldine entzückte die Vorstellung, Gattin eines so bedeutsamen Mannes zu werden. Stellvertretender Direktor! Wie mochte wohl die korrekte Anrede für sie selbst lauten? „Meine Verehrung, Frau Vizedirektor", war wohl das Mindeste, was die Zukunft bereithielt. Selbst die unbefriedigende Wohnungssituation löste sich für die Glückskinder auf das Zufriedenstellendste. Bereits nach wenigen Wochen wurde dem Paar eine Wohnung zugeteilt, die ihrer Vorstellung vom Märchenschloß sehr nahe kam. Lediglich das Türschild mußte ausgetauscht werden.
Es lautete auf den Namen Egon Friedell.

Die Herrlichkeit fand mit dem ersten Arbeitstag ein jähes Ende. Straff und hochgemut schritt Alois morgens aus dem Haus, blaß, eingesunken und mit einem panischen Flackern in den Augen kehrte er nachmittags zurück. Leopoldine, die seit Stunden ruhelos in der Wohnung auf und abgegangen war, erwartete ihn mit Ungeduld. „Und?“ – fuhr sie ihn an. „Sag schon, in welchem Museum bist du?“
Alois schwieg und ging zum Schreibtisch, wo der Slibowitz stand. Er schenkte ein, nahm einen tiefen Schluck, schüttelte sich, ließ sich in den Sessel plumpsen und sagte mit müder Stimme: „Das errätst du nie.“
Die folgenden Minuten erinnerten an die Befragung Rumpelstilzchens durch die Müllerstochter im Märchen. Der Größenwahn hatte sich schon tief in die Seele Leopoldines eingefressen, denn sie begann die peinliche Interrogation mit einem gehauchten: „Dem Kunsthistorischen?“ Alois lachte hysterisch und goß nach.
Den Wiener Museumsführer in der Hand, zählte sie Institution um Institution auf, erntete aber immer nur ein stummes Kopfschütteln. Die Gattin wurde verzagt. Das erste Kapitel des Führers, „Sammlungen von Weltruf“, war verlesen. Ebenso der zweite Teil, der die „Sammlungen von städtischer Bedeutung“ auflistete. Blieben „Kollektionen minderer Wichtigkeit.“ Beim Buchstaben „B“ war das Rätsel gelöst.
Leopoldine stürzte bleich aus dem Zimmer. Er hatte

nicht mehr die Kraft, sie zu trösten, und betrank sich entsetzlich.

Tags darauf schlich er verkatert in die Arbeit. Der Museumsleiter harrte seiner bereits im Büro. Es bedurfte keiner sonderlich ausgeprägten Beobachtungsgabe um festzustellen, was Alois am vergangenen Abend getrieben hatte.

„Herr Faistenzeck", sagte der Schönerianer, „ist Ihnen eigentlich bekannt, daß die Lebenshaltung unseres Führers eine denkbar einfache ist? Er trinkt nie einen Tropfen Alkohol und raucht auch nicht."

Alois nahm hastig die Zigarette aus dem Mund.

„Herr Faistenzeck", fuhr der Vorgesetzte fort, „eines möchte ich ein für allemal klarstellen: In diesem Hause fühlen wir uns der Lebensführung Adolf Hitlers verpflichtet. Ich will es heute mit einer mündlichen Verwarnung gut sein lassen, bitte mir aber für die Zukunft aus, daß dergleichen nicht mehr vorkommt. In diesem Haus wird Wissenschaft betrieben und Wissenschaft treibt man nüchtern."

Dann fing er wieder an, vom nordischen Kalender zu sprechen und von der Notwendigkeit, alle vorhandenen inventarisierten Gegenstände nach germanischer Zeitrechnung um zu datieren.

„Wie viele Gegenstände sind denn im Inventar?", wollte Faistenzeck wissen.

„7.832", antwortete der Direktor wie aus der Pistole geschossen, „allein die Sammlung von Präparaten kranker Hufe umfaßt mehr als 2.000 Objekte. Dazu kommen noch, ich würde sagen 15.000 nicht erfaßte Stücke, die

der Aufarbeitung harren. Sie können unbesorgt sein junger Mann, es gibt auf Jahre, aber was sage ich, auf Jahrzehnte hinaus zu tun."
Die Arbeit allein wäre bei aller Sinnlosigkeit noch irgendwie zu ertragen gewesen. Aber der Alte, der zu jedem in der Sammlung vorhandenen Objekt eine Nahbeziehung aufgebaut hatte, kommentierte in einer Tour. Zu jedem Sattel, zu jeder einzelnen Trense wußte er eine langwierige Geschichte zu erzählen. Auf diese Weise ging es nur schleppend weiter, 20 Gegenstände pro Tag waren das Äußerste. Kam man nach der Arbeit wie erschlagen nach Hause, wartete dort bereits die zürnende Gattin. Leopoldine würgte erbittert an der Schmach, Frau eines Mannes in einer derart lächerlichen Position zu sein. Sie traue sich schon gar nicht mehr auf die Straße, schimpfte sie aufgebracht, alle würden sie mit Hohn überschütten, jede einzelne ihrer Freundinnen habe es besser getroffen. Sogar die Lebensgefährtin des Blockwartes lache über sie. Er solle zusehen, etwas anderes zu finden. So könne es nicht weiter gehen.
Nachdem der Versetzungsversuch im Gauamt gescheitert war, wurde die Ehe nie mehr richtig gut. Sie könne sich eben schwer damit abfinden, einen Versager geheiratet zu haben, ließ ihn Leopoldine wissen. Einen Knecht, dem es an Kraft mangle, sein Leben selbst in die Hand zu nehmen.
Als der Krieg begann, brach noch einmal eine kurze Hausse in der Beziehung aus. Im Krieg, so die Überlegung Leopoldines, würden sich wohl Aufstiegsmöglichkeiten für den Mann ergeben – oder zumindest der

Heldentod. Auch Alois war von der Möglichkeit, auf so einfache Weise Frau und Museum zu entkommen wie elektrisiert. Er meldete sich umgehend bei der nächsten Wehrdienststelle, erhielt aber den Bescheid, daß er eine kriegswichtige Stellung innehabe und man gar nicht daran denken könne, ihn anderwärtig einzusetzen. Er möge sich mit dem Gedanken trösten, daß der Endsieg ganz maßgeblich von seiner Arbeitsleistung an der schaffenden Heimatfront abhänge.
Der unabkömmlich Gestellte kehrte in das Museum zurück und verbrachte lange Stunden vor den Alben mit der motivlichen Briefmarkensammlung zum Thema Pferd. Faistenzeck erlernte die lebensnotwendige Kunst, das Geschwätz des Direktors auszublenden, und gewöhnte sich an, vor seiner Heimkunft ein Wirtshaus aufzusuchen, um sich Mut anzutrinken, da er die Begegnung mit der Gattin im nüchternen Zustand fürchtete. Leopoldine saß den ganzen Tag zu Hause, stickte für das Winterhilfswerk nationalsozialistische Sinnsprüche in Zierdeckchen und war ansonsten mit nichts anderem beschäftigt, als sich Bösartigkeiten auszudenken, mit denen sie ihn abends demütigte. Der Tonfall mit dem sie ihm Gemeinheiten ins Gesicht schleuderte, war zu schrill, als daß man ihn hätte ausblenden können.
„Ah, der Herr Beschirrungsvizedirektor bequemt sich auch schon nach Hause?! Betrunken, wie ich annehmen darf?! Ich hoffe, der Herr Vizedirektor hatte einen nicht zu anstrengenden Tag bei seiner kriegswichtigen Tätigkeit. Sollte der Herr Vizedirektor mit einer warmen Mahlzeit gerechnet haben, muß ich ihn enttäuschen; ich

bin nicht zum Kochen gekommen. Schließlich tue ich im Gegensatz zu dir etwas für Deutschland."
Dabei hielt sie die Handarbeit hoch. Alois fühlte das Verlangen, ihr das Deckchen zu entwinden und ins Maul zu stopfen. Ihr eine Kandare anzulegen, irgend etwas zu unternehmen, um sie zum Schweigen zu bringen. Aber er wußte, daß er ihr in keiner Weise gewachsen war. Nicht einmal körperlich.

Baldur von Schirach wälzte sich unruhig im Bett. Er konnte nicht schlafen. Reichsstatthalter in Wien. Immerhin – das Essen war besser als bei der Hitlerjugend. Mit Schaudern dachte er an den Tag zurück, an dem die Spielleitung der Wochenschau ihn nötigte, vom Eintopfgericht zu essen. Die Kameras der Wochenschau hatten eine sehr ungünstige Sequenz eingefangen, die den verfetteten Reichsjugendführer am Blechnapf schnuppernd zeigte, mit der Miene eines Pferdes, das an verfaultem Heu riecht. Propagandaminister Goebbels war über den Mitschnitt selig gewesen, er führte sogar, soweit es sein Klumpfuß gestattete, eine Art Freudentanz auf. Dann klemmte er die Filmspule unter den Arm, humpelte stracks zu Hitler, setzte eine Miene auf, die tiefste Sorge signalisierte und ließ ihm den Ausschnitt vorspielen.
Das Kalkül ging auf; Hitler, für den ein Schlag Erbsensuppe aus der HJ-Gulaschkanone zu den höchsten kulinarischen Genüssen zählte, war sichtlich verärgert. Er zitierte den Reichsjugendführer bei nächster Gelegenheit zu sich. Von Schirach fühlte sich in höchstem Maße geehrt, die Einladungen beim Reichskanzler waren selten geworden. In völliger Verkennung der Lage dachte er, Hitler wolle ihm unter vier Augen zu seiner Lyrikgesamtausgabe gratulieren, die er ihm wenige Wochen zuvor gesandt hatte. Tagelang war er über einer passenden Widmung gesessen, geplagt von drei plärrenden Kindern, einem bellenden Köter und einer

nicht minder lästigen Frau. Er verwarf dutzende, vor hündischer Ergebenheit triefende Huldigungen. Schließlich entschied er sich für George. Stefan George war nie verkehrt. Er tauchte einen Gänsekiel, den er nur zu sehr feierlichen Anlässen benutzte, da dieser einst von Goethe verwendet worden war, in braune Tinte, und schrieb in bemüht schöner Schrift:

„Du bist mein wunsch und mein gedanke
Ich atme dich mit jeder luft
Ich schlürfe dich mit jedem tranke
Ich küsse dich mit jedem duft."

Seine Phantasie entzündete sich auf das Lebhafteste, er schwelgte in der Vorstellung eines Künstlergespräches mit *seinem* Führer. Der Architekt und Baumeister des neuen Deutschlands im tiefen Gedankenaustausch mit dem Herold des Reiches. Goebbels, der widerliche Goebbels würde toben vor Wut! Auf dem Weg zur Reichskanzlei rezitierte Schirach voll Innerlichkeit aus seinem Gedichtband „Die Fahne der Verfolgten".

„Ich war ein Blatt im unbegrenzten Raum, nun bist du Heimat mir und bist mein Baum."

Naturgemäß war das schmale Oeuvre des Schwammigen von Hitler mit keinem Blick gewürdigt worden. Hitler machte sich nichts aus Literatur. Des Dichters Überraschung war groß, als er, noch mitten im Kotau, von Hitler barsch aufgefordert wurde, auf derlei zeitraubenden Unfug zu verzichten.

„Es ist Krieg Schirach, ich habe wenig Zeit, hören Sie schon auf, setzen Sie sich."

Er zwang den Verdutzten zu Tisch, wo Schirach mit

trockenem Kartoffelbrei und gezuckertem Möhrensalat traktiert wurde. Kauend redete Hitler ohne Unterlaß.
„So nicht, mein lieber Junge. Nicht im Krieg. Das geht nicht, Herr Reichsjugendführer. Sie melden sich unverzüglich zum freiwilligen Dienst in der Wehrmacht. Wird ihnen gut tun. Ich wünschte, ich wäre so jung wie Sie. Ich war leidenschaftlich gern Soldat. Aber die Vorsehung hat es anders gewollt. Wollen Sie noch eine Tasse Kümmeltee?"
Schirach wollte weder das eine noch das andere. Er wußte jedoch, was er seinem Mentor schuldig war, sprang hoch, zog den Bauch ein, versuchte sich in einer soldatischen Pose, die mißlang, und dankte. Hitler blickte in das bei aller Gläubigkeit eunuchial verquollene, von Charakterspuren unberührte Gesicht seines Jüngers und wandte sich mit den Worten: „Es ist gut Schirach, sie können gehen" angewidert ab.
Der Einsatz an der Westfront währte nicht lange. Ein Gefühl großer Genugtuung überkam ihn, als das Reisig des Sieges in Form des Eisernen Kreuzes zweiter Klasse an seinen dünner gewordenen Wanst geheftet wurde. Der Krieg hatte ihn endgültig zum Mann reifen lassen. Als solcher war er gezwungen, das Amt des Reichsjugendführers zurückzulegen. So redete er sich's zumindest ein. Im August 1940 schob man ihn im Range eines Reichsleiters ab, als Gauleiter und Reichsstatthalter von Wien. Goebbels soll an diesem Tag sehr vergnügt gewesen sein.

Wien, ein herrlicher Ort, gewiß. Die Wiener hingegen – nun ja. In Teilaspekten konnte man mit ihnen hervorragend zusammenarbeiten. Das Burgtheater, die Staatsoper, erste deutsche Bühnen in vielerlei Hinsicht. Die allerorts herrschende dämonische Gemütlichkeit machte ihm freilich Angst. Auch von sportlicher Fairneß war in dieser Stadt nichts zu spüren. Beim Fußballspiel zeigte die Bevölkerung sogar eine ausgesprochen vertierte Seite. Gelegentlich eines Rückspiels von Schalke 04 gegen die Wiener Admira, das mit einem Unentschieden endete und das er eigentlich gar nicht hatte ansehen wollen, da er Fußball wie nicht bald etwas haßte, schlitzte ihm der Pöbel gar die Reifen seines Dienstfahrzeuges auf. Nach dem Zeugnis der Sicherheitsbeamten, die nicht recht anzugeben vermochten, weshalb sie bei dem Zwischenfall nicht eingeschritten waren, war für die ruchlose Tat ein SA-Dolch benutzt worden. Der ausführende Täter, zum Zeitpunkt der Aussage weder gefaßt noch identifiziert, war von dem ihn umtobenden Gesindel mit den Worten *„Bravo Alois, zeigs dem Piefke!“* angefeuert worden.
Die Episode hatte ihn bis ins Mark getroffen und schwer zu schaffen gemacht. Er verbrachte Wochen damit nachzudenken, wie er es bewerkstelligen solle, der Mentalität „seiner“ Wiener näher zu kommen, fand aber keine befriedigende Lösung. Dabei wollte er sie so gerne verstehen, mit heißem Herzen verstehen. Sein aus Weimar stammender Adjutant erklärte ihm, daß es da gar nichts zu verstehen gäbe, die Wiener seinen eben wie der von Voltaire beschriebene Abbé de Péringord: ewig diensteifrige, zudringliche, schmeichlerische

Kriecher, dabei bösartig und zu jeder Stunde des Tages bereit, einem den Dolch in den Rücken oder Reifen zu stoßen. Der Reichsstatthalter widersprach energisch. Er teile diese Auffassung nicht, der Wiener sei gewiß ganz anders, er wisse noch nicht genau wie, werde es aber herausfinden. Während der Weihnachtsfeierlichkeiten für die Kriegsblinden kam Schirach die Erleuchtung. Sie ereilte ihn im Zuge der Bescherung, bei der die Versehrten mit Ausgaben von Hitlerreden in Brailleschrift bedacht wurden. Er zog ein Notizbuch aus der Tasche und kritzelte das Wort: *Volkssprechtag* hinein.

Die Abhaltung des ersten Volkssprechtages wurde von der Pressestelle Schirachs groß angekündigt. In sämtlichen Medien, vom Völkischen Beobachter bis hin zum SA-Mann („Dein Kamerad im Kleinkrieg des Alltags") waren Anzeigen geschaltet worden, die auf das außergewöhnliche Ereignis hinwiesen. Ihnen war zu entnehmen, daß in besonders dringlich gelagerten Fällen jeder Wiener Volksgenosse und jede Wiener Volksgenossin ihre Sorgen dem Reichsstatthalter und Gauleiter persönlich vortragen könne. Ein Besuch des Volkssprechtages stehe jedem offen, der deutschen oder artverwandten Blutes sei, unabhängig von Stand und Rang. Die Gesuche um Vorsprache würden nach Dringlichkeit und zeitlichem Eingang berücksichtigt. Wer nicht gleich einen Termin erhalte, brauche sich nicht zu sorgen; Herr von Schirach plane in regelmäßigen Abständen weitere Volkssprechtage abzuhalten.
Das Sekretariat des Gauleiters hatte mit einem Erfolg gerechnet, aber die Nachfrage übertraf die kühnsten Erwartungen. Zig-Tausende Anmeldungen gingen ein, viele hatten das Bedürfnis, ihre Nachbarn an höchster Stelle zu denunzieren. Die Reihung nach der Wichtigkeit erwies sich als schwierig, den meisten Poststücken war nicht zu entnehmen, was der Absender eigentlich auf dem Herzen hatte. Es überwogen Nachrichten kryptischen Inhalts; die Sache sei zu delikat, zu geheim oder zu wichtig, um einem Brief anvertraut zu werden, die

Angelegenheit könne nur unter vier Augen besprochen werden, der Herr Reichsleiter werde schon sehen, werde es nicht, werde es keinesfalls bereuen.
Leopoldine stieß beim Blättern in einem Magazin der Reichsfrauenschaft auf die Ankündigung. Sie war wild entschlossen gleich beim ersten Sprechtag zu Schirach vorzudringen und ihm ihr Herz auszuschütten. Der fesche Mann mit der ausdrucksvollen Nase, für den sie insgeheim schwärmte und den sie in den Wochenschauen im Kino schon oft bewundert hatte, würde für ihre beklagenswerte Lage sicherlich Verständnis aufbringen. In seiner Position mußte es ihm ein Leichtes sein, sie von Alois zu befreien.

Leopoldine wartete in der pompösen Eingangshalle des Gauhauses und vertrieb sich die Zeit mit einer Handarbeit. Mit großer Sorgfalt stickte sie die Worte: „Trittst in diesen Raum du ein, soll dein Gruß Heil Hitler sein" in ein Zierdeckchen. Es war nicht sonderlich schwer gewesen auf die Besucherliste zu kommen, eine ihrer Freundinnen stand mit dem Schneider des Statthalters auf vertrautem Fuß.
Sie war die Letzte, die zu Schirach vorgelassen wurde, der bereits hart an der Grenze seiner Leidensfähigkeit angelangt war. Der Kopf schmerzte ihn, er verstand die Wiener nur schwer. Was für ein gräßliches Idiom! Und diese Lächerlichkeiten, mit denen sie ihn belangten! Wenigstens war diese Besucherin dem Auge angenehm. Frau Faistenzeck kam ohne Umschweife zur Sache.
„Herr von Schirach, ich tät recht schön bitten es geht

nämlich um meinen Mann." „Schade", dachte Schirach enttäuscht. „Verheiratet, wie ärgerlich. Will vermutlich, daß ihr Gatte nicht eingezogen wird."
Er betrachtete sie eingehend. Sie gefiel ihm außerordentlich. Leopoldine atmete tief ein, ihr mächtiger Busen hob und senkte sich, sie zerdrückte einige Tränen, zog ein Tüchlein aus der Tasche und trocknete sich die Augen. Schirach starrte gebannt auf Frau Faistenzecks Dekolleté. Seine Frau Henriette kam ihm in den Sinn. Sie war ihm fremd geworden. Mit dem vierten Kind schwanger. Nicht etwa weil sie gerne mit ihm schlief, sondern weil sie im Wettstreit mit Frau Goebbels lag, wer dem Führer mehr Kinder schenken würde. Die ganze Figur beim Teufel. Das Gebiß mit der abnormen Zahnlücke! Wenn sie lachte, was in seiner Gegenwart freilich nicht mehr allzu oft vorkam, sah man ihr Gaumenzäpfchen. Davon abgesehen, gingen sie und ihre vulgäre Familie ihm auch sonst ziemlich auf die Nerven. Sein versoffener Schwiegervater, der Reichstrunkenbold Hoffmann mit der violett spiegelnden Nase. Eine torkelnde Schande. Eva Braun hatte ihm viel besser gefallen. Leider war sie zu dem Zeitpunkt, als er sie kennen lernte, schon vergeben gewesen.
„Mein Mann", setzte Leopoldine ihren Vortrag mit melodiös geschluchztem Vorstadtdialekt fort, „mein Mann taugt nichts."
In Schirach stieg ein Gefühl der Erleichterung hoch.
„Das ist eigentlich nicht mein Bereich, gnädige Frau. Aber natürlich werde ich nichts unversucht lassen, ihnen bei Ihrem Anliegen behilflich zu sein."

Er ergriff Leopoldines Hand, küßte sie – selbst wenn man die strengen höfischen Maßstäbe der Stadt Wien anlegt – formvollendet, zwinkerte ihr zu und meinte scherzend: „Sie müssen wissen, meine Familie hat den Frauen dieser Stadt viel zu verdanken. Wir sind von Maria Theresia geadelt worden. Insofern stehen wir tief in der Schuld der schönen Wienerinnen."

„Es ist nämlich aso", fuhr Leopoldine geschmeichelt fort, „mein Mann taugt nämlich wirklich nichts. Ständig kommt er betrunken heim. Seine Freizeit verbringt er am Fußballplatz oder in Wirtshäusern. Es ist schrecklich. Seiner ehelichen Pflicht ist er seit Ewigkeiten nicht mehr nachgekommen. Wenn Sie wüßten, Herr von Schirach, wie entsetzlich diese unerfüllte Sehnsucht ist."

Sie sah ihn mit schmachtenden Augen an.

Herr von Schirach wußte nicht, wohin er blicken sollte. Die tadellos geschneiderte Knize-Hose spannte im Schritt, die Flügel seiner Nase bebten. Es war Ewigkeiten her, seit er zuletzt sexuell dermaßen erregt gewesen war. Er überlegte. 1925 mußte das gewesen sein, als Hitler erstmals seine Eltern besuchte. Jedenfalls durfte er sie nicht so ohne weiteres gehen lassen, auch wenn das mit seiner Position eigentlich nicht vereinbar, ja blanker Wahnsinn war.

„Hm, hm", murmelte er mit hochrotem Kopf. „Eine schwierige Geschichte. Ich weiß nicht so recht, ob wir hier und jetzt zu einer Lösung kommen. So etwas will wohl überlegt sein. Vielleicht können wir uns ein andermal treffen; ich sollte zur Verleihung des Blut-Ordens."

Leopoldine verstand vollkommen.
„Bei dir oder bei mir?“, fragte sie. Dann stand sie auf, umrundete den Schreibtisch, setzte sich auf den Schoß des schwer Atmenden, umschlang und küßte ihn.
„Wenn du wüßtest, wie lange ich auf diesen Augenblick gewartet habe“, flüsterte sie ihm ins Ohr.

Im Gegensatz zu vielen anderen behielt Leopoldine die Jahre von 1941 bis 1945 in weitgehend angenehmer Erinnerung. Bereits am Morgen nach dem Volkssprechtag kam ein Bote mit zwei Briefen. Das an Alois gerichtete Schreiben trug den Vermerk: „Geheime Reichssache!" Es enthielt einen Marschbefehl nach Piber in der Steiermark, wo sich das Gestüt der berühmten Lipizzaner befand. Dort solle er die Inventare prüfen. Die Sache sei von höchster Dringlichkeit, er möge sich umgehend reisefertig machen, ein Wagen werde nach Dienstschluß vor dem Museum auf ihn warten. Faistenzeck platzte fast vor Stolz, als er die Zeilen las.
„Eine Dienstreise!", verkündete er strahlend. „Eine Dienstreise! So unbedeutend, wie du immer sagst, bin ich gar nicht!" Leopoldine schmunzelte. In seiner Euphorie wunderte er sich nicht über den Umstand, daß der Koffer bereits gepackt war. Frau Faistenzeck erhielt eine auf Büttenpapier geschriebene Einladung der nationalsozialistischen Volkswohlfahrt. Der Gauleiter freue sich, die verdienstvolle Volksgenossin, die durch ihren gelebten Sozialismus der Tat ganz maßgeblich zur Linderung der Not rassisch wertvoller, erbgesunder Familien beigetragen habe, zu einem persönlichen Empfang in die Räumlichkeiten seiner Dienstvilla bitten zu dürfen.
Henriette war mit den Kindern kurzerhand aufs Land geschickt, dem Personal frei gegeben worden. Er benötige Ruhe, hatte Schirach am Frühstückstisch verkün-

det, in ihm reife ein Gedichtzyklus. Niemand schöpfte Argwohn, derlei kam häufiger vor. Für jemanden, der sich in erster Linie als Dichter verstand, troffen dem Statthalter die Worte nur sehr zäh und unter Krämpfen aus der Feder.

Sein Schreibtisch am Ballhausplatz war bereits am frühen Nachmittag verwaist, da er unschlüssig war, in welcher Adjustierung er Leopoldine entgegentreten solle. Im Herrenankleidezimmer der Villa häuften sich gewaltige Stapel verworfener Kleidung. Anfangs liebäugelte er mit dem Frack. Ein Frack ist nie verkehrt; erstens ist er vornehm, zweitens festlich und festlich versprach der Abend zu werden, drittens verbessert er, wenn man zum Übergewicht neigt, die Figur wie kein anderes Kleidungsstück. Er legte ihn vor Mühe schwitzend an, fluchte sehr unfein über die verdammten Perlmuttknöpfe der Weste, zwängte die in Seidensocken steckenden Baronsfüße stöhnend in Lackhalbschuhe und betrachtete sich schließlich wohlgefällig im Spiegel. Eigentlich sah er sehr gut darin aus, geradezu phantastisch. Fehlte nur noch die zur Masche geschlungene Halsbinde. Die Halsbinde. Sie wurde für gewöhnlich vom Diener gebunden und der war außer Haus. Zornig riß er sich das Festgewand vom Leib.

Der Smoking schied aus dem gleichen Grund aus. Er hätte auf seine Mutter hören sollen, die ihm wieder und immer wieder gepredigt hatte, er möge doch endlich lernen, eine Masche zu binden, vielleicht kämen einmal schlechte Zeiten, in denen man genötigt wäre, derlei selbst zu tun. Den Cut mochte er nicht, er sah in

ihm wie ein Hoteldirektor aus. Er probierte eine Reihe von Anzügen, doch vermochte ihn keiner wirklich zu befriedigen. Vielleicht sollte er es leger angehen? Die Mädchen aus dem Volke liebten es sicher zünftig. Außerdem war er in Grinzing, und Grinzing war schon fast Land. Die Krachlederne? Er mochte sie sehr, aber seine unbehaarten blassen Waden wirkten nicht sehr verführerisch. Das Telefon läutete. „Was gibt es denn jetzt schon wieder?" brüllte er in die Muschel.
„Herr Reichsleiter haben mir aufgetragen, ihn Punkt sechs anzurufen", ließ sich der Adjutant vernehmen. „Parole Lyrische Stimmung." Schirach legte erschrocken den Hörer auf die Gabel. 18 Uhr! Er war noch nicht einmal angezogen und es gab noch so viel zu tun!
Kurz entschlossen stopfte er sich in die nächstbeste Uniform und eilte in den Luftschutzraum. Dieser diente, das Bombardement der plutokratischen Luftpiraten auf Wien hatte noch nicht begonnen, in erster Linie als Weinkeller. Er entschied sich für eine Flasche Veuve Clicquot und Moselwein, den Grinzinger Wein vertrug er nicht, er verursachte ihm Kopfschmerzen.
Schirachs Behausung erstrahlte im Schein ungezählter Kerzen als die ungeduldig erwartete Leopoldine zur angegebenen Stunde an der Eingangstür pochte. Er öffnete die Tür.
„Baldur – du trägst ja Wehrmachtsuniform?" bemerkte die künftige Pompadour von Wien erstaunt. Sie trug einen Korb, in dem sich ein selbst gebackener Kuchen und eine Flasche Grinzinger Wein befand.
„Ich werde den Krieg beenden, wie ich ihn begann, in

Feldgrau", erklärte der Gauleiter. Sie umarmten einander.
„Die ist aber weich. So ganz anders als die, die ich kenne."
„Ja also, die ist aus Cashmere. Aber sonst authentisch bis ins letzte Tüttelchen."
Er stutzte einen Augenblick. „Wieso weißt du eigentlich, wie sich eine Wehrmachtsuniform anfühlt? Du sagtest doch, dein Mann sei nicht eingezogen?!"
In seiner Stimme schwang Eifersucht mit. Leopoldine zog sich geschickt aus der Affäre, indem sie etwas von einem imaginären Onkel an der Front murmelte. Schirachs Züge entspannten sich.
„Wie dumm von mir, an einem Abend wie diesen über Uniformen zu reden! Komm – laß uns den Krieg und die Pflicht vergessen – gehen wir in den Salon."
Er reichte Leopoldine die vor Aufregung schwitzende Hand und führte sie in einen prächtig ausgestatteten Raum. An den Wänden hingen Gemälde, die von gutem Geschmack zeugten, ein Cranach, ein Breughel, einst Bestandteile Wiener jüdischer Sammlungen. Baldur registrierte, daß Leopoldines Aufmerksamkeit weniger von den Bildern, als von einem außerordentlich fein gearbeiteten Spitzendeckchen gefesselt wurde. „Das hat mir Mussolini geschenkt", meinte er. „Ein wirklich netter Mann, der Duce. Wir können uns glücklich schätzen, ihn als Verbündeten zu haben."
Er reichte ihr ein champagnergefülltes dunkelgrünes Glas.
„Das ist ein gotisches Glas. Vielleicht hat Hans Sachs

daraus getrunken. Ein Präsent des Führers. Hat er mir in Nürnberg überreicht. Weil ihm das Gedicht *An einen Arbeiter* so gut gefallen hat. Du kennst es sicher: *Ich fasse deine harte Hand: hier halte ich mein Vaterland.*"
Sie stießen an und tranken. Leopoldine, der prickelnden Getränke nicht gewohnt, mußte aufstoßen. Sie tat dies sehr charmant. Schirach klopfte ihr auf den Rücken.
„Da hilft Konfekt." Er griff nach einer geschmacklosen goldenen Dose.
„Die Dose ist von Franko. Hat mir der Caudillo persönlich verehrt. Auch ein sehr netter Mann. Schade nur, daß Spanien kein Verbündeter ist."
Leopoldine nahm einen Nougatwürfel und deutete mit dem Glas auf eine Eckvitrine, in der sich lediglich ein roter Samtpolster befand.
„Und von wem ist der Polster?"
Schirach räusperte sich. „Das Polster, ja also das Polster, ist gewissermaßen nur Unterlage. Nächstes Jahr feiern die Wiener Philharmoniker ihr 100-jähriges Bestehen, da werden sie mir den Ehrenring verleihen." Der Gauleiter geriet in Verzückung: „Du mußt dir vorstellen, Professor Doktor Wilhelm Furtwängler persönlich wird ihn mir überreichen. Ein wunderschöner Ring. Gülden, mit einem blauen Stein. Ein wirklich hübsches Stück. Den lege ich dann auf das Polster."
Er nippte an seinem Glas und kicherte.
„Ich habe gehört, es gibt einen recht heftig geführten Kampf in der Staatsoper, wer mir jetzt den Ring anstecken darf. Der Karajan würde es auch gerne tun. Ich persönlich halte den Karajan für den besseren National-

sozialisten, der Karajan ist ja gleich zwei Mal der Partei beigetreten, ein Mal in Salzburg, ein Mal in Ulm. Das zeugt natürlich von einer ganz außergewöhnlich tiefen nationalsozialistischen Durchdringung. Der Professor Doktor Furtwängler hingegen …“

„Ich glaube, was du brauchst, ist ein wenig Entspannung“, ließ sich Leopoldine vernehmen. Sie strich ihm durchs Haar, knöpfte mit kundiger Hand den Waffenrock auf, löste den Knoten der schlecht gebundenen Krawatte und schälte ihn aus seinem Hemd, das sie achtlos wegschleuderte. Das gotische Glas zerbrach klirrend am Boden. Baldur war in diesem Augenblick alles egal, sogar der Verlust des Führergeschenks. Ihre Lippen liebkosten seinen Mund, küßten seinen Hals, die teigige Brust, den Gauleiterbauch, wanderten tiefer. Er meinte vor Wonne vergehen zu müssen. Es mag die Feststellung genügen, daß unter dem um 1515 entstandenen Lucas Cranachbild „Maria mit dem Kinde in einer Landschaft“ niemals heftiger koitiert worden ist.

Während Baldur unter den Lippen, Brüsten und Schenkeln Leopoldines seinem ersten sexuellen Höhepunkt der Nacht zusteuerte, dem noch zwei weitere folgen sollten, suhlte sich Alois im Fond einer schwarz lackierten Limousine. Der Tag war ihm ein einziger Triumph gewesen, Cäsar mochte sich so gefühlt haben, als er nach der Niederwerfung Galliens mit Lorbeer bekränzt durch die Straßen Roms fuhr.
Er hatte Freunde gewonnen. Seine Frau liebte ihn. Der Museumsdirektor konnte als vernichtet betrachtet werden. Letzterer hatte beim morgendlichen Erscheinen Faistenzecks seine Taschenuhr gezückt und ihm mit vorwurfsvoller Stimme mitgeteilt, daß er zu spät sei.
„Sieben Minuten, Faistenzeck! Sieben Minuten zu spät! Ja begreifen Sie denn nicht, es ist Krieg, im Krieg müssen die Anstrengungen verdoppelt werden, im Krieg zählt jede Sekunde!
Als der Gemaßregelte nicht wie erwartet unterwürfig reagierte, ihn vielmehr frech angrinste, fuhr der Schönerianer schweres Amtsgeschütz auf.
„Ich werde nicht umhinkommen, diesbezüglich einen Vermerk in Ihrem Personalbogen zu machen. Damit wäre der Vorfall Aktenkundig. *Aktenkundig*, verstehen Sie? Wollen Sie das denn wirklich?!“
Alois begegnete dieser schärfsten aller Drohungen, indem er seinem Vorgesetzten den Brief des Gauamts auf den Schreibtisch warf. Der Direktor schüttelte den Kopf,

setzte sich den Zwicker auf, entfaltete das Schreiben, überflog den Inhalt und wurde kreidebleich.
„Das gibt es nicht. Das ist unmöglich. Da muß ein Irrtum vorliegen."
Alois lächelte süffisant.
„Gestehen Sie, Faistenzeck, Sie haben den Brief gefälscht!", schrie der Direktor mit sich überschlagender Stimme. Alois würdigte ihn keiner Antwort.
Dem Herzschlag nahe griff der Vorgesetzte zum Fernsprecher.
„Verbinden Sie mich augenblicklich mit dem Gauamt."
Die folgende Viertelstunde war für Alois nichts weniger als ergötzlich; aus der Hörmuschel drangen, untermalt von den Anfangstakten des Radetzkymarsches die Worte eines Endlosschellacks.
„Vermittlungszentrale Gauamt Wien. Im Augenblick sind alle Leitungen besetzt. Ihr Anliegen ist uns wichtig. Bitte legen Sie nicht auf. Ein neuerlicher Anruf wird neu gereiht und verlängert daher die Wartezeit."
Das Gesicht des Direktors changierte bei jeder Wiederholung der Ansage in einem immer dunkler werdenden Rotton. Er wirkte wie ein seltsames Fabeltier: Halb Chamäleon, halb alter Truthahn. In einem Anfall von Machtrausch zog Alois ein Etui aus der Tasche, dem er eine Zigarette entnahm. Der Schönerianer funkelte ihn zornig an.
„Unterstehen Sie sich, Faistenzeck!"
Alois entzündete umständlich seine Zigarette, nahm einen tiefen Zug und blies dem Vorgesetzten den Rauch ins

Gesicht. Dieser erlitt einen schweren Hustenanfall, der ihn noch schüttelte als das Tonband von der unwirschen Stimme der Vermittlungsbeamtin des Gauamtes abgelöst wurde.
„Gauamt Wien, Heil Hitler. Mit wem darf ich Sie verbinden?“
Der Direktor hustete ausgiebig in die Sprechmuschel.
„Ich kann Sie nicht verstehen.“
Der Direktor schnappte keuchend nach Luft.
„Hier spricht die Direktion des Museums für Beschirrung- und Sattlungslehre, Huf und Klauenkunde. Hören Sie, es geschehen ungeheuerliche Dinge. Mein Stellvertreter erdreistet sich, in meiner Gegenwart zu rauchen. Außerdem hat er …“
„Ich weiß nicht, wieso die Trottel immer bei mir landen“, rief die Vermittlungsbeamtin ihrer Kollegin zu und kappte die Verbindung.
Das Geräusch des Besetztzeichens tönte leise durch den Raum. Der Direktor klappte den Mund auf und zu, was seiner Erscheinung etwas Karpfenhaftes verlieh. Etwas in ihm war zerbrochen; die nationalsozialistische Bewegung hatte in diesem Augenblick einen gläubigen Anhänger verloren. Faistenzeck dämpfte den Zigarettenrest am Frühstücksteller seines Vorgesetzten aus.
„Das also ist die neue Zeit“, sagte der Schönerianer. „Unter diesen Umständen ist es wohl besser zu gehen.“ Er nahm Hut und Mantel und verließ die Museumsräumlichkeiten. Derlei war in den vergangenen 30 Jahren seines Dienstes während der Öffnungszeiten noch nicht vorgekommen.

Mit dem sicheren Instinkt des subalternen Beamten für Veränderungen im Machtgefüge erschienen kurz darauf die Museumsdiener um dem neuen Herrscher zu huldigen. Wie es sich für gute Untertanen gehört kamen sie mit Geschenken, einer brachte einen Aschenbecher, der andere eine Flasche Riesling. Sie wünschten Faistenzeck alles nur erdenklich Gute, vor allem aber Gesundheit, füllten ein Glas mit Wein, boten ihm Zigaretten an, gaben ihm Feuer und zogen sich unter tiefen Bücklingen zurück. Alois war überrascht, daß die Beiden in zusammenhängenden Sätzen reden konnten, sie hatten bis dahin noch keine Proben dieser Kunst abgelegt.
Stimuliert von Alkohol und Tabak erging sich Faistenzeck in angenehmen Träumereien. Als die Flasche geleert war, wurde ihm langweilig. Leicht angeheitert beschloß er, einen Spaziergang zu machen.
Sein erster Gang führte in die Wohnung. Es drängte ihn, Leopoldine, die er bei aller Furcht noch immer verehrte, von seinem Avancement zu unterrichten. Die Wohnung war jedoch leer. Am Küchentisch lag ein Gugelhupfrezept und ein Zettel, auf dem die Gattin die Worte: „Kuchen, Wein, Hand- und Fußpflege, Frisör, Kosmetikerin, welche Unterwäsche?“ notiert hatte. Ein sentimentales Gefühl schlich sich in sein benebeltes Hirn. Sie liebte ihn ja doch noch! Ganz offensichtlich freute sie sich mit ihm über die Dienstreise, machte sich extra schön für seine Rückkehr, wollte ihn mit Wein und selbst gebackenem Kuchen überraschen. Alles würde wieder so werden wie in den ersten gemeinsamen Wochen! Gerührt tänzelte er aus der Wohnung.

Draußen auf der Straße blickte er auf die Uhr. Erst zehn, es waren noch viele Stunden totzuschlagen, ehe die Reise begann. Alois hätte gerne jemandem von seinen Erfolgen erzählt, aber ihm fiel niemand ein, mit dem er den Triumph hätte teilen können. Er überlegte kurz, ob er das Wirtshaus, in dem er seine Angst lösenden Dämmerungsschoppen einzunehmen pflegte, aufsuchen sollte, sagte sich aber dann, daß dies mit seiner neuen Würde nicht vereinbar sei. So kehrte er in das Museum zurück, wo er dem Personal bei zahlreichen Flaschen Wein demonstrierte, daß er, seiner neuen Stellung zum Trotz, ein Mensch, einer von ihnen geblieben war.
Kurz vor Dienstschluß fuhr der Wagen vor. Der Chauffeur, nicht etwa irgendein Chauffeur, sondern der persönliche Leibfahrer des Gauleiters hatte für die Fahrt in die Steiermark spezielle Anweisungen erhalten.
„Blaschke – es wäre mir lieb, wenn es bei der Rückkehr eine Episode im Leben des Mannes gäbe, die ihn verwundbar macht“, hatte Schirach erklärt.
„Ich vertraue Ihnen da vollkommen. Ihnen wird schon etwas einfallen. Allfällige Kosten übernehme ich. Die Höhe spielt keine Rolle.“
Der Fahrer nickte.
„Wie bei Goebbels?“
„Genau so wie beim Bock von Babelsberg“, bestätigte der Reichsleiter.

40 Minuten nach der Schließzeit und von Faistenzeck noch immer keine Spur. Es mußte sich um einen ungewöhnlich pflichtversessenen Menschen handeln. 45

Minuten. Eine Stunde. Blaschke entschloß sich, Nachschau zu halten. An der Eingangstüre hing ein Schild. „Wegen einer internen Veranstaltung bleibt das Museum heute geschlossen.“ Drinnen war alles hell erleuchtet. Der Fahrer pochte. Keine Reaktion. Er drückte die Schnalle nieder – die Tür war unversperrt. Blaschke vernahm lautes Grölen und das Geräusch von auf dem Boden aufschlagendem Metall. Neugierig trat er näher. Der Boden war mit leeren Flaschen und Zigarettenkippen übersäht. Er gewahrte drei Männer, die nicht mehr ganz sicher auf ihren Beinen standen. Sie befanden sich neben einem geöffneten Schaukasten, der die Aufschrift „Entwicklung des Hufbeschlags von den Römern bis zur Gegenwart“ trug.

Faistenzeck war eben im Begriff, ein Hufeisen, welches bei der Schlacht von Custozza vom Pferd Radetzkys getragen worden war, zu werfen.

„Herr Faistenzeck!“, rief der Chauffeur. Vom Zuruf irritiert, verfehlte der Angesprochene das angepeilte Ziel. Das Eisen durchschlug die Scheibe einer Pultvitrine, in der sich eine Sammlung kulturhistorisch einmaliger Stangengebisse befand. Schwankend drehte er sich um.

„Wer sind Sie? Was wollen Sie?“

„Mein Name ist Blaschke, ich bin ihr Chauffeur und soll Sie abholen.“

„Sollen wir ihn hinauswerfen Chef?“ fragte einer der Museumsdiener.

„Nein“, lallte Faistenzeck. Er torkelte freudig auf den Fahrer zu und machte Anstalten, ihn zu umarmen.

Blaschke ließ es geschehen, er hatte sich, ehe er in die Dienste der NSDAP trat, 20 Jahre als Lenker von Nachttaxis verdingt. Als solcher war mit sämtlichen Stadien der Trunkenheit vertraut. Der Fahne nach zu urteilen würde sich der Fahrgast wahrscheinlich im Auto übergeben, aber das war eben eine der Schattenseiten seines Berufes.
Es erwies sich als schwieriges Unterfangen, Alois zum Wagen zu bugsieren, die Museumsdiener wollten ihren geliebten Chef nicht so ohne weiteres ziehen lassen.
„Ein Glaserl noch, Herr Direktor", riefen sie mit schmeichelnder Stimme, „nur noch ein allerletztes Glaserl."
Der Herr Direktor wäre der Bitte seiner neuen Freunde gerne nachgekommen, doch der Fahrer schleifte ihn, eingedenk seines Auftrags, aus dem Museum. Wenige Minuten nachdem der Wagenschlag hinter Faistenzeck geschlossen wurde, verfiel er in einen tiefen Schlaf.

Als er erwachte, war es hellichter Tag. Seine Zunge klebte am Gaumen, sein Schädel war widernatürlich gedunsen. Es stank entsetzlich. In der Luft hing ein stechender, von billigem Parfum, ausgeschwitztem Alkohol und Erbrochenem herrührender Geruch, der ihm Übelkeit bereitete. Faistenzeck hatte keine Erinnerung daran, was in den Stunden zuvor passiert war. Stöhnend öffnete er die Augen und erblickte eine rote Glühbirne, die ohne Schirm von der rissigen Decke baumelte. Wo zum Teufel war er? Neben ihm wälzte sich jemand und begann lautstark zu schnarchen. Den Klang nach zu schließen, mußte es sich um einen korpulenten Mann handeln. Er machte einen Versuch, den Kopf in die Richtung des Schläfers zu drehen. Die Bewegung verursachte einen stechenden Schmerz, der sich durch den ganzen Körper zog. Faistenzeck verfiel in ein dumpfes Wimmern. Das Geräusch weckte den neben ihm liegenden Fleischberg. Der Fleischberg gähnte, wobei ein schadhaftes Gebiß sichtbar wurde und streckte sich ausgiebig. Dann ließ er in dem für die Gegenden südlich des Semmerings charakteristischen bellenden Idiom, das den wissenschaftlich völlig unhaltbaren Schluß nahelegt, daß in jenen Gefilden der Mensch vom Hund domestiziert worden ist, die Worte: „Na, schon ausgeschlafen, mein Stierlein?“, vernehmen. Faistenzeck wandte, den Schmerz ignorierend neuerlich den Kopf. Was er erblickte ernüchterte ihn schlagartig. Bezüglich der Leibesfülle hatte ihn seine Vermutung nicht getrogen, lediglich in der Einschätzung des Geschlechts war er einem Irrtum unterlegen. Neben ihm lag eine außergewöhnlich dicke, grell geschminkte Frau, eine Art weiblicher Göring. Es blieb ein Rätsel, wie sie ihre barocke Gestalt in das dritte Jahr des Krieges gerettet hatte. Die Lebensmittelkarten allein konnten es nicht sein, gut möglich, daß sie ab und an einen ihrer Bettgenossen verzehrte. Vermutlich lagen unter der Liegestatt die abgenagten Knochen früherer Opfer. Schon griffen dicke Wurstfinger, von deren Nägeln der Lack abblätterte, nach ihm. Alois warf ihr die Decke über den Kopf und sprang aus dem Bett.

„Was hast denn?“, verwunderte sich die Prostituierte unter der Tuchent.

„Ist doch schon alles bezahlt!“

Alois raffte hastig die am Boden verstreuten Kleidungsstücke zusammen, preßte das Bündel gegen die Brust und lief nackt aus dem Zimmer.

Der Chauffeur wartete bereits am Gang.

„Ich sehe, Sie sind schon auf, Herr Faistenzeck“, sagte er in ausnehmend höflichem Tonfall. „Das trifft sich gut, wir sollten langsam los. Wollen Sie sich im Haus, oder lieber im Wagen anziehen?“

„Im Wagen“, keuchte Alois. „Sehen wir zu, daß wir von hier wegkommen.“

Sie mochten an die 50 Kilometer zurückgelegt haben ehe sich Faistenzeck so weit beruhigt hatte, daß er Erkundigungen nach den Geschehnissen der vergangenen Nacht einziehen konnte.

„Sagen Sie, was ist eigentlich passiert?“

Blaschke heuchelte den Überraschten.
„Was passiert ist? Ja, können Sie sich denn an gar nichts mehr erinnern?"
Alois schüttelte traurig den Kopf.
„Nun, Sie hatten das Bedürfnis ein Bordell aufzusuchen."
„Aber das ist vollkommen unmöglich! Ich bin ein verheirateter Mann!"
„Vielleicht eben deswegen." Der Fahrer lächelte hintergründig, während er Faistenzeck im Rückspiegel fixierte.
Alois vermochte dieser Ungeheuerlichkeit wenig entgegenzusetzen. Tatsächlich lagen die letzten genossenen ehelichen Freuden schon eine Weile zurück.
„Wenn Sie es durchaus wissen wollen: Ich habe Sie gestern in einem Zustand trunkener Raserei im Museum angetroffen. Sie waren damit beschäftigt, die Schausammlung zu demolieren und rissen, assistiert von Ihren Kollegen Gegenstände aus den Vitrinen, die sie durch die Räumlichkeiten schleuderten."
Faistenzeck wurde es schwarz vor den Augen.
„Es gelang mir", fuhr Blaschke fort, „Sie unter erheblicher Kraftanstrengung auf den Rücksitz des Autos zu schaffen. Dort erklärten Sie mir, daß sie der Bewegung früher als Chauffeur gedient hätten und äußerten den Wunsch selbst zu fahren. Aus naheliegenden Gründen ignorierte ich die Bitte. Es kostete mich anfangs einige Mühe den Wagen sicher zu lenken, da Sie mir ihren Führerschein fortwährend vor das Gesicht hielten. Kurz darauf schliefen Sie ein. Die Reise verlief

zunächst ohne Zwischenfälle. Dies änderte sich, als wir die Paßstraße des Semmerings hinunterfuhren. Sie wurden munter, klagten über Durst und forderten mich auf, bei der nächsten Gaststätte anzuhalten. Ich wies darauf hin, daß es bis Mürzzuschlag, von einem übel beleumundeten Bordell namens Schaumweinhäuschen einmal abgesehen, keine geöffnete Einkehrmöglichkeit mehr gebe und bot Ihnen einen Becher Tee aus meiner Thermoskanne an. Sie bestanden jedoch auf eine Rast im Schaumweinhäuschen. Den Rest der Geschichte können Sie sich vermutlich selbst zusammenreimen. Wenn ich Ihnen noch einen abschließenden Rat geben darf: Suchen Sie, wenn Sie in wieder in Wien sind, einen Arzt für Geschlechtskrankheiten auf. Die Dirnen wirkten auf mich von zweifelhafter Gesundheit, gut möglich, daß die von Ihnen Auserwählte mit einer ansteckenden Krankheit behaftet gewesen ist. Eine Behandlung mit Neosalvarsan erweist sich in solchen Fällen oft als unumgänglich, schließlich ist ein Kavalierschnupfen nichts, was man auf die leichte Schulter nehmen sollte. Aber Sie können ganz unbesorgt sein; meine Lippen sind versiegelt. Ich werde schweigen wie ein Grab."
Bei den letzten Worten kreuzte er den behandschuhten Zeige- und Mittelfinger über dem Lenkrad.

In Wirklichkeit hatte sich die Geschichte geringfügig anders zugetragen. Faistenzeck war bereits kurz vor Wiener Neustadt aufgewacht, hatte über eine brandige Kehle geklagt und den Fahrer aufgefordert, beim nächsten Wirtshaus stehenzubleiben.

Blaschke begann daraufhin mit großer Beredsamkeit von einem reizenden kleinen Etablissement zu erzählen, keine zwei Stunden Fahrt entfernt, wo man in angenehmer Gesellschaft hervorragende Cocktails trinken könne. Alois konnte dem Vorschlag nichts abgewinnen und entgegnete gereizt, daß er jetzt durstig sei, ihm der Sinn nach Bier stehe, er zudem für den heutigen Tage schon genug Gesellschaft genossen hätte. Der Chauffeur lenkte scheinbar ein, öffnete das Handschuhfach und reichte dem Passagier eine Thermoskanne. Als Erste Hilfe Maßnahme, wie er erklärte. Alois schraubte den Deckel ab und nahm einen Schluck von dem Gebräu. Es schmeckte entsetzlich. „Was ist denn das?“ fragte er noch. Blaschkes Antwort drang nicht mehr an sein Ohr.
Beim Schaumweinhäuschen angelangt, wurde der mit Chloralhydrat Betäubte in die Kammer der Gretel getragen. Gretel war während vieler Jahre eine Dame von einiger Berühmtheit gewesen, die sich unter dem Künstlernamen „La grosse Margot“ als angeblich dickste Frau der Welt auf Jahrmärkten verdingt hatte, bis sie ein chronisches Magenleiden zwang, sich nach alternativen Verdienstmöglichkeiten umzusehen.
Der Chauffeur erteilte knappe Regieanweisungen.
„Der Mann ist auszuziehen. Zerkratz’ ihm den Rücken. Schau, daß er einen gut sichtbaren Knutschfleck am Hals bekommt. Am Hemd brauche ich Spuren von Lippenstift. Ich komme gleich wieder.“
Dann ging Blaschke zum Wagen, um die Fotoausrüstung zu holen. Als er zurückkam, war bereits alles zu seiner vollsten Zufriedenheit ausgeführt.

„Sehr gut." Er baute Scheinwerfer und Stativ auf.
„Und jetzt?" fragte Gretel. „Wie beim Goebbels?
„Genau wie beim Goebbels", bestätigte der Fahrer.
In der folgenden halben Stunde wurden Fotos gemacht, die man nur als entsetzlich bezeichnen kann: Faistenzeck unter, in, und auf dem Fleischberg. Nachdem die zweite Rolle Film verschossen war, befand Blaschke, daß es gut sei. Er lobte Gretel für die hervorragende Arbeit, verstaute die Apparaturen und legte sich, der fetten Prämie eingedenk, die er von Schirach erhalten würde, zur Ruhe.
Der Vollständigkeit und guten Ordnung halber muß angemerkt werden, daß die in jener Nacht entstandenen Bilder im April 1945 einem das Gauhaus Wien plündernden Politkommissar der Roten Armee in die Hände fielen. Sie gelangten auf verschlungenen Wegen in den Kreml, wo sie zunächst Stalin seinem Privatarchiv einverleibte. Als Anschauungsmaterial für die dunklen Seiten des Nationalsozialismus fanden sie später Eingang in die Lehrbücher der höheren Kader, wodurch der Name Faistenzeck eine bescheidene Unsterblichkeit erlangte. Noch heute kennt die russische Sprache den Begriff „Faistenzezky", womit ein dekadenter Faschist bezeichnet wird.

Das alles lag freilich noch in weiter Ferne. Die Fahrt verlief, nachdem Blaschke seine Version der vergangenen Nacht erzählt hatte, in brütendem Schweigen. Alois fühlte das böse funkelnde Auge Gottes auf sich ruhen. Eine Predigt des Kapuzinerpaters über die Gefahren brünstiger Gier kam ihn in den Sinn. Leider war er damals noch zu jung gewesen, um ihre Bedeutung voll erfassen zu können.

„Dämpft die Glut des Verlangens!“ hatte Bruno mit klerikaler Wortgewalt von der Kanzel gerufen. „Wohltätig ist des Feuers Macht, wenn es der Mensch bezähmt bewacht. Aber Wehe! Hundertfaches Wehe, läßt der Mann kraftlos, willenlos die Naturgewalt in seinem Leibe, den blinden Geschlechtstrieb die Zügel der Herrschaft ergreifen. Dann triumphiert die Hölle! Reicht ihr der Lust den kleinen Finger, so ergreift sie die ganze Hand! Ruft dem drängenden Geschlechtstrieb ein männliches NEIN zu! Wer ist wohl in erster Linie berufen, ein maßgebliches Urteil darüber abzugeben? Der Geistliche, der in ungezählte Seelen hineinschaut! Ein NEIN den unlauteren Gedanken und Vorstellungen. Der Geschlechtstrieb darf sich nicht in der Phantasie einnisten. Sonst besudelt er die Gedanken und die Gedanken wiederum peitschen ihn auf. Ein NEIN dem Alkohol. Wo Bacchus, da Venus. Wo der Alkohol wohnt, ist die Unzucht nicht weit. Es ist nicht Gottes Wille, daß ihr euch an ein Tier namens Lust kettet und mit ihm zugrunde geht. Der Herrgott will die Ausübung der innigen Umarmung nur in der Ehe mit dem Ziele der Fortpflanzung. Er droht dem, der seinem Willen zuwiderhandelt mit ewiger Verdammnis.

Was hat das Heer der Geschlechtskranken geschaffen? Unzucht oder Keuschheit? Was schuf Elend über Elend, Tränen über Tränen, Schande über Schande, Krankheit, Verlumptheit, frühen Tod? Unzucht oder Keuschheit? Darum Neinsagen! Abwehren! Das ist Kraft, Stolz,

Männlichkeit. Laßt die Wölfe heulen. Die Zähne zusammengepreßt! Die Fäuste geballt! NEIN! Nie und nimmer! NEIN! Siegende Helden! Ehre euch!"
„Das Heer der Geschlechtskranken. Das Heer der Geschlechtskranken" hämmerte es durch seinen Kopf. Schon vermeinte er, das Wüten einer beginnenden Lues in seinem Unterleib zu verspüren. Er würde genau so enden wie Otto, jene traurige Gestalt die ab und an im Sturmlokal herumgegeistert war. Otto hatte sich vor Jahren mit der Syphilis infiziert, befand sich im Tertiärstadium der Krankheit und trug infolge der Zerstörung des Nasengerüsts eine wenig kleidsame, wenngleich nordisch geformte wächserne Prothese im Gesicht.
Blaschke unterbrach Alois trüben Gedankenfluß.
„Herr Faistenzeck, wir sind bald da. Es geht mich natürlich nichts an, aber Sie sollten vielleicht das Hemd wechseln." Er reichte dem Passagier einen Handspiegel.
Alois betrachtete sich mit Grauen.
„Wo ist denn mein Koffer?"
„Ja, wo ist denn ihr Koffer?", echote der Chauffeur.

Faistenzeck blieb den Einwohnern Pibers nachhaltig im Gedächtnis. Stets auf neue von schallendem Gelächter begleitet, kursierte die Geschichte vom Auftritt des Wiener Feiglings noch lange Jahre später an den beiden Stammtischen des Ortes. Niemand wurde ihrer je überdrüssig. Allein die Ankunft eines Autos an sich stellte eine kleine Sensation dar, die im Dorfe beträchtliches Aufsehen auslöste. Die Kunde fand Zeit, sich zu verbreiten, denn der Wagen fuhr nicht etwa durch, sondern blieb

stehen. Derlei war seit Ewigkeiten nicht mehr vorgekommen. Im Fond des Wagens saß ein übernächtiger, fahler Mann, der mit stark zitternden Händen seinen Hals und den Kragen seines Hemdes zu verdecken versuchte. Dem Auto entstieg der Chauffeur, ein scharfer Kontrast zum Passagier. Ausgeruht und elastischen Schrittes ging er auf eine Gruppe müßig herumstehender älterer Männer zu, um Erkundungen über die Erwerbsmöglichkeiten weißer Hemden einzuziehen.
Er löste damit eine umständlich geführte, langatmige Diskussion aus, die mit der Versicherung endete, daß es so etwas nicht gebe. Schließlich sei man nicht in der Stadt, hier werde gearbeitet und zur Arbeit taugten weiße Hemden nun einmal nicht.
Natürlich würde man beim sonntäglichen Gottesdienst ein weißes Hemd tragen, aber dieses werde für gewöhnlich vom Vater auf den Sohn vererbt. Warum er denn ausgerechnet an einem Wochentag ein weißes Hemd brauche? Weil der Herr im Wagen einen Termin beim Direktor des Gestüts habe, erklärte Blaschke. Die Männer bogen sich vor Lachen. Angelockt vom fröhlichen Gebell strömten Scharen von Dörflern herbei. Als sich der Wagen endlich Richtung Gestüt in Bewegung setzte, folgte ihm ein nicht geringer Teil der Einwohnerschaft. Auf Uneingeweihte mochte die Szene wie ein Leichenbegängnis wirken.
Das Gestüt befand sich in einem Schloß am Rande des Dorfes und wirkte verlassen. Es war ein für die Jahreszeit ungewöhnlich heißer Tag und der in eine dicke Wolldecke eingehüllte, zum Eingangstor taumelnde

Faistenzeck nährte die Heiterkeit der Dorfbewohner, die ihm in einem lockeren Halbkreis umstanden. Er zog am Seil der Hausglocke. Nichts geschah. Alois versuchte es erneut. Wieder nichts. Er läutete Sturm. Nach einer, wie ihm schien, Ewigkeit, vernahm er das Geräusch schlurfender Schritte. Ein Schlüsselbund klirrte, dann wurde die Tür unter grantigem Gemurmel aufgesperrt. Faistenzeck versuchte unter der Decke militärische Haltung anzunehmen. Im Türrahmen erschien ein Mann von zwergenhaftem Wuchs. Er wirkte grämlich.
„Was gibt es denn jetzt schon wieder?"
Alois stotterte seinen Namen und ein erst im zweiten Anlauf gelingendes Heil Hitler.
„Bist du aus Wien?" fragte das Männchen verdrießlich.
„Woher wissen Sie das?" antwortete Faistenzeck verblüfft.
„Weil auf deiner Decke *Eigentum Gauamt Wien* steht. Bist krank?"
Alois hüstelte bemüht.
„Ja. Eine Sommergrippe."
„Aha. Ungewöhnlich im Frühling. Und was willst du?"
„Ich komme vom Beschirrungsmuseum und habe den Auftrag, das Zaumzeuginventar zu prüfen."
Der Zwerg starrte ihn haßerfüllt an. Seine Augen funkelten wie glühende Kohlen.
Er habe immer geahnt, daß Wien eine Brutstätte von Trotteln sei, brach es schließlich mit Gewalt aus ihm heraus, aber das übertreffe alles bisher da gewesene.

Wisse man denn in Wien nicht mehr, daß man vor mehr als einem Jahr den Befehl zur Evakuierung der Lipizzaner gegeben habe?! Daß der einstige Stolz Pibers nun auf Böhmens Weiden grase?
„In der Tschechei!" brüllte das Männchen mit geblähtem Kropf. „Ausgerechnet zum Böhm! 80 Millionen Deutsche Volksgenossen und unsere Pferde sind beim Böhm!"
Er hielt inne. Ob Faistenzeck etwas mit der Sache zu tun habe? Faistenzeck verneinte eine Spur zu langsam, was den Argwohn des Zwerges bestärkte. „Du lügst!" kreischte er. Und an die Gaffer gewandt: „Er ist schuld!"
Das Männchen hielt auf einmal eine Reitgerte in der Hand. Alois trat einen Schritt zurück.
„Blaschke!" rief er in seiner Angst. „Helfen Sie mir!"
Doch der Chauffeur hatte sich bereits in der Limousine verschanzt. Der Zwerg hob die Gerte, die Einwohner formierten sich in einer Schlachtenreihe. Dies eine Mal hatte Faistenzeck Glück, er profitierte von dem kriegsbedingten Umstand, daß alle wehrfähigen Einwohner eingezogen waren.
Es gelang ihm unter Verlust der Decke die Phalanx der Greise und Kriegsversehrten zu durchbrechen und gelangte ohne weitere Blessuren in das rettende Wageninnere.
„Lauter Wahnsinnige!" keuchte er, „fahren Sie Blaschke, so fahren Sie doch!"

In Wien gab sich die Gattin zum nämlichen Zeitpunkt einem im Bett eingenommen verspätetem Frühstück hin. Der neben ihr liegende Reichsstatthalter war über die Maßen heiter gestimmt. Vergnügt summte er die Worte: Kaffee mit Milch, Kaffee mit Milch, mit Milch, mit Milch, mit Milch vor sich hin. Leopoldine, die ihn mit Bissen von Marmeladesemmeln fütterte, hielt plötzlich in ihrem Tun inne.
„Hast du eigentlich noch einen anderen Vornamen?" fragte sie.
„Ja. In meiner Familie heißen seit 200 Jahren alle mit zweitem Namen Benedikta oder Benedikt", gab Schirach mit verschmiertem Mund zur Antwort.
„Baldur Benedikt" murmelte sie nachdenklich. „Baldur Benedikt. Ba Be. Weißt was? Ich werd' dich Babe nennen!"
Babe grunzte entzückt.
„Leopoldine, du bist …"
„Poldi", unterbrach Leopoldine. „Für dich ab jetzt einfach Poldi."
„Gut, also Poldi, du bist einmalig und du sollst wissen, daß das die schönste Nacht meines Lebens war und daß wir uns unbedingt wieder sehen müssen. Die Frage ist nur: Wie stellen wir es an? Wir sind beide verheiratet und mein Adjutant erzählte mir, es gibt auf der ganzen Welt keinen Ort, wo man sich gegenseitig mehr beobachtet als in Wien."

Leopoldine überlegte kurz.
„Wo ist deine Frau jetzt?"
„Auf dem Land. In unserer Villa im Helenental. Ich habe ihr gesagt, daß ich gerade an einem Gedichtband arbeite und absolute Ruhe benötige."
„Verstehe. Und wenn du in Zukunft einfach mehr dichten tätst?"
Schirach lächelte gequält. „Ich fürchte, so einfach wird das nicht. Nein, wir müssen uns etwas anderes einfallen lassen."
Er legte seine Stirn in Falten und dachte nach.
„Sag Leopoldine, entschuldige, Poldi, was hast du eigentlich gemacht, bevor du dich verehelicht hast? Ich meine: Hast du irgendeinen Beruf ausgeübt?"
Leopoldine zierte sich ein wenig, ehe sie die Frage beantwortete.
„Du darfst aber nicht lachen. Versprich, daß du nicht lachen wirst."
Babe gelobte bei seiner Ehre ernst zu bleiben.
„Ich war Handarbeitslehrerin. In einem Mädchenpensionat."
Schirach, wie viele seiner Landsleute außerhalb der Karnevalszeit nicht sonderlich humorbegabt, fragte verständnislos:
„Was soll daran lustig sein? Handarbeitslehrerin ist doch ein sehr ordentlicher Beruf. Was unterrichtet man denn so als Handarbeitslehrerin?"
„Ach, alles mögliche: Großes Perlmuster, kleines Noppenmuster, Reismuster, Reliefmuster, Flechtmuster, Diagonalstreifen, Zopfmuster, Waffelmuster, dann

noch Gittermuster, Dornröschenmuster, Perlmuster, Tweedmuster, Lochmuster, Hohlmaschenmuster, Spinnenmuster, Pfauenschweifmuster, kommt ganz auf den Lehrplan an. Wieso?"
„Weil ich darüber nachsinne, wie und wo ich dich unterbringen kann. Vorzugsweise in meinem persönlichen Stab. Aber ich fürchte, dort existieren keine Planstellen für Handarbeiten. Bei der Reichsfrauenschaft gibt es so etwas sicher, aber das nützt uns nichts. Zur Reichsfrauenschaft würde ich dich auch gar nicht gehen lassen. Gräßliche Weiber, das. Solltest du einmal bei ihren Turnfesten sehen. Wie die Hottentotten: Behaarte Beine und unter den Achseln regelrecht bepelzt."
Der Gauleiter schüttelte sich.
„Lassen wir die Reichsfrauenschaft, mir wird schlecht, wenn ich nur daran denke. Wir müssen eine andere Lösung finden. Sekretärin wäre eine Möglichkeit. Sekretärinnen werden geradezu verzweifelt gesucht. In keiner deutschen Stadt ist die Bürokratie so stark ausgeprägt wie in Wien. Hast du Kurzschrift gelernt und Schreibmaschine schreiben?"
„Ich bin armer Leute Kind", log Leopoldine ausweichend.
„Wie unsensibel von mir! Bitte verzeih tausendmal Liebes, das ist sonst wirklich nicht meine Art!" rief Schirach bestürzt.
„Das macht doch nichts! Du mußt wissen, ich würde alles tun, um in deiner Nähe zu sein. Heute noch kaufe ich mir eine Schreibmaschine und fange an zu üben."
Schirach strahlte. „Weißt du, daß du wunderbar bist?"

Die Idylle wurde vom Schrillen des Telefons zerrissen. Der Gauleiter machte Anstalten sich zum Nachtkästchen zu wälzen, aber Leopoldine war schneller.
„Hier bei Schirach?“ fragte sie in sekretariatsgemäßem Tonfall.
„Ja, der ist hier. Einen Augenblick bitte.“
Sie hielt die Muschel zu und reichte Babe den Hörer.
„Ein Mann. Sehr aufgeregt. Hüttler oder so ähnlich“, wisperte sie.
Schirach lag regelrecht habtacht, als er realisierte, wer ihn da anrief. Leopoldine wurde aus dem aus den Worten „Jawohl mein“, „Nein mein“ und „Es geht ihr gut, mein“ zusammengesetzten Gestammel nicht schlau. Das Gespräch dauerte nicht lange.
„Wer war es denn?“ fragte sie neugierig.
„Der Führer“, kam es tonlos zurück.
„Wirklich?! Was wollte er denn?“
„Wissen, ob ich krank bin.“
„Wieso krank?“
„Weil er mich nicht im Gauhaus erreicht hat.“
„Und was hat er sonst noch gesagt?“
„Hören Sie Schirach, Sie haben ’Mein Kampf’ gelesen, Sie wissen, was ich von ihrem Gau halte. Wien ist für mich ja leider nur die lebendigste Erinnerung an die traurigste Zeit meines Lebens. Auch heute noch kann diese Stadt nur trübe Gedanken in mir wecken. Fünf Jahre Elend und Jammer sind im Namen dieser Phäakenstadt für mich enthalten! Sie Schirach sind ein Mann, von dem ich mir Großes verspreche. Deshalb habe ich Sie mit dieser schwierigen Aufgabe betraut. Ich kenne

diesen Menschenschlag! Er ist wankelmütig, weil sie rassisch minderwertig, ein Mischmasch aus vielen Völkerschaften und Rassen ist. Machen Sie nicht den Fehler, die zersetzende Kraft des Wieners zu unterschätzen. Verwienern Sie mir ja nicht!“

„Aha. Scheint schlechte Erfahrungen in Wien gemacht zu haben, der Führer. Und nach wem hat er sich erkundigt? Wem geht es gut?“

Der Gauleiter verdrehte die Augen. „ Er wollte über die Befindlichkeit Gelis informiert werden.“

„Aber deine Frau heißt doch Henriette?“

„Nach der hat er ja auch nicht gefragt. Geli ist eine Schäferhündin, die er mir vor zehn Jahren zur Hochzeit geschenkt hat. Hat damals den ersten Preis bei irgendeiner Hundeschau in Berlin gemacht. Natürlich scharf dressiert. Es gibt keinen in der Familie, den das Scheißvieh nicht schon mehrfach gebissen hätte. Aber einschläfern können wir sie nicht gut.“

Schirach seufzte. Seine gute Laune war dahin.

Faistenzeck sah seiner Rückkehr ins Museum mit Bangen entgegen. Die Erleichterung war groß, als er feststellte, daß alle Spuren des Exzesses von den beiden Aufsehern beseitigt worden waren. Am Schreibtisch lag das Kündigungsschreiben des Direktors. Alois schickte es, gemeinsam mit seinem Bericht über die Dienstfahrt, in das Gauamt. Der Bericht war nicht nur aus bürokratischer Sicht ein Bravourstück: „Gestern um 11 Uhr in Piber eingetroffen. Keine Inventare vorgefunden. Wieder nach Hause gefahren. Erbitte weitere Instruktionen. Faistenzeck."

Aus Gründen, die sich der Nachvollziehbarkeit entzogen, hielt er 48 Stunden später ein Schreiben in Händen, das ihn mit der Leitung des Hauses betraute. Fast noch erstaunlicher empfand er den Umstand, daß ihm Fortuna auch im Privatleben schüchtern zu lächeln schien. Die Gattin war wie ausgewechselt, sie redete wieder mit ihm. Jegliche Bösartigkeit schien von ihr abgefallen. Sie sei in der Vergangenheit einfach nicht ausgelastet gewesen und würde sich nun Arbeit suchen, erklärte Leopoldine.

Mit ungewöhnlichem Eifer saß sie an der Schreibmaschine und hämmerte in die abgedeckte Tastatur. Wenn die Fingerspitzen ertaubten, studierte sie verbissen im Lehrbuch für Gabelsberger Kurzschrift. Alois wurde sogleich ermuntert auszugehen und ruhig länger wegzubleiben, da das Übungsgeräusch ihm doch sicher lästig sein mußte. Er nahm das Angebot dankbar an, nicht zuletzt deshalb, weil er unter der Hitze des Schals, den er in ihrer Gegenwart des Knutschflecks wegen zu tragen gezwungen war, sehr litt. Als er nächtens sacht torkelnd nach Hause kam, schlief Leopoldine bereits. Entgegen ihrer sonstigen Gewohnheit lag sie auf dem Rücken, in den Haaren steckten Lockenwickler, das Gesicht war mit einer weißen Paste dick eingecremt. Ihr Anblick weckte keine Geschlechtsbegierde, wofür Alois insgeheim dankbar war.

Der Fleck auf seinem Hals war kaum verblaßt, als Leopoldine zu einem Vorstellungsgespräch im Büro Schirachs auftauchte. Das bisherige Sekretärinnenteam war fest entschlossen, seine Pfründe zu verteidigen und den Neuzugang zu verhindern. Bei Dutzenden Tassen Kaffee hatten sie einen höllischen Aufnahmetest ausgearbeitet, der auch von versierten Schreibkräften kaum bestanden worden wäre. Sie wurden um den Genuß, dem Scheiten der Kandidatin beizuwohnen geprellt; der Gauleiter verbat sich jedwede Einmischung und Prüfung. Über seine Bedürfnisse wisse er selbst immer noch am besten Bescheid, ließ er die enttäuschten Damen wissen.

Frau Faistenzeck kreuzte mit dem Selbstverständnis einer königlichen Favoritin auf. Schirach hieß sie mit Handküssen willkommen und schloß persönlich die Flügeltüren zu seinem Büro hinter ihr. Die Vorzimmerdamen nahmen ihre in der Vergangenheit vielfach bewährten Lauschpositionen ein. Ihr Verdacht, daß die neue Kollegin nicht in erster Linie zu ihrer Entlastung hergeholt worden war, fand sich schnell bestätigt: Statt

der wohlklingenden Diktatstimme des Chefs und dem Geklapper der Schreibmaschine drang gedämpftes Gekicher aus dem Raum.
Schirach strahlte über das ganze Gesicht, als er wenig später Leopoldine mit den Damen bekanntmachte.
„Ich habe das Vergnügen, sie mit Frau Faistenzeck bekannt zu machen. Frau Faistenzeck“, er betonte das Wort Frau in sehr auffälliger Art und Weise, „wird ab sofort unser Team verstärken. Es ist wohl nicht eigens nötig zu erwähnen, daß ich mir erwarte, daß sie ihr gute Kameradinnen sind.“

Das Ehepaar Faistenzeck fand einen Modus vivendi, der, wenn schon nicht von gegenseitiger Achtung, so doch von kameradschaftlicher Duldung getragen war. Verpflegungstechnisch besehen, gab es nichts, worüber Alois hätte klagen können: Allmorgendlich wurde ihm ein nett arrangiertes Frühstückstablett ans Bett gebracht. Leopoldine hauchte dem Gatten einen angedeuteten Kuß auf die Stirne, wünschte einen erfolgreichen Tag und eilte unter dem Hinweis, daß es im Büro unendlich viel zu tun gebe und es spät werden würde aus der Wohnung. Kam er nach Hause, erwarteten ihn, egal zu welcher Stunde ein Gericht auf der Herdplatte und eine Flasche Wein am Küchentisch.
Von Zufriedenheit konnte dennoch keine Rede sein. Auf Alois' Körper und Gesicht hatten sich Ausschläge gebildet, die er auf die Begegnung mit der Prostituierten im Schaumweinhäuschen zurückführte. Einen Arzt aufzusuchen wagte er nicht. Statt dessen konsultierte er einen

veralterten medizinischen Ratgeber. Der Autor empfahl, alle verdächtigen Stellen tüchtig mit Höllenstein und konzentrierter Karbolsäure zu ätzen. In fortgeschrittenen Stadien der Krankheit leiste eine Schmierkur mit Quecksilber Ersprießliches. Nach einem ersten Selbstversuch, der darin endete, daß er vor Schmerz brüllend auf und ablief, verzichtete er auf weitere Anwendungen.
Es wurde zunehmend einsam um ihn. Der Krieg beraubte ihn seiner einzigen Freunde, die Aufseher Kurt und Karl wurden, nachdem der deutsche Vormarsch im Osten ins Stocken geraten war, eingezogen. Der guten Stunden eingedenk, die sie gemeinsam verbracht hatten, schickte er Päckchen mit Schnaps und Zigaretten an die Front. Eine Zeitlang erhielt er noch Feldpostkarten, dann hörte er nichts mehr von ihnen.
In späteren Jahren stellte er sich oft die Frage, weshalb er so töricht gewesen war, nicht einfach ein Schild mit der Aufschrift „Das Museum bleibt bis auf weiteres geschlossen“ an die Tür gehängt zu haben. Aufgefallen wäre es so gut wie keinem. Seine, wenn man so will, Arbeitsstätte war schon in Friedenszeiten alles andere als ein Besuchermagnet gewesen. Jetzt im Krieg sank das Interesse an Huf- und Klauenkunde gegen Null. In den Jahren 1941/42 wurde das Museum von gezählten sechs Personen aufgesucht, ohne Ausnahme Menschen, die man überall als lästig empfunden hätte. Er war jung, er verdiente gut, die Möglichkeiten, sich zu vergnügen, wären Legion gewesen. Aber er fühlte sich krank und die Beschwerden nahmen zu. Mit dem Hautausschlag wurde es immer schlimmer. Der Versuch, die wuchernden,

geschwürigen Knoten mit Puder zu überdecken, verlieh seinem Gesicht etwas Maskenhaftes. Dazu gesellten sich leichte motorische Störungen und gelegentliche Halluzinationen. Vom Joch der Langeweile niedergedrückt, von Melancholien geplagt saß er einen guten Teil des Tages bewegungslos im Direktionszimmer und zuckte zusammen, wenn der Minutenzeiger der Uhr vorrückte. Manchmal stellte er Überlegungen an, seinem Leben ein Ende zu setzten, doch hinderten ihn geistige Trägheit und Konzentrationsschwäche an der Ausarbeitung konkreter Pläne.
Eines Abends fand er am Küchentisch an Stelle der gewohnten Wein- eine Sektflasche, eine Torte und ein Paket. Augenscheinlich hatte er Geburtstag. Apathisch öffnete er die Verpackung. Zum Vorschein kam ein Radioapparat. Alois streichelte ihn zärtlich. Nun würde es zwar nicht gut werden. Aber die Mausoleumsruhe würde leichter zu ertragen sein.

Frau Faistenzeck genoß ihr Leben als Pompadour von Wien in vollen Zügen. Die ersten Wochen beim Statthalter standen im Zeichen der Machtergreifung. Auf ihr Geheiß wurden alle weiblichen Schreibkräfte unter 45 entlassen und durch ausgesucht häßliche Vetteln aus den Reihen der Reichsfrauenschaft ersetzt. Nachdem alle potentiellen Konkurrentinnen aus dem Weg geräumt waren, schritt Leopoldine zur Konsolidierung ihrer Herrschaft. Sie besetzte das Chefsekretariat und damit den Vorhof der Macht. Jedes Schriftstück ging über ihren Tisch. Wollte man einen Termin bei Schirach, führte kein Weg an ihr vorbei. War man jung, weiblich und schön, hatte man fortan keine Chance, zum Gauleiter vorzudringen. Babe ließ Poldi gewähren, er war Wachs in ihren Händen. Er war ihr in einem Maße untertan, daß er ihr versprach, sich nach dem Krieg von Henriette scheiden zu lassen und sie zu ehelichen. Vorher ginge es nicht. Mit Hitler sei in diesem Punkte nicht zu spaßen, da denke der Führer bei aller geschichtlichen Größe leider ganz außergewöhnlich spießbürgerlich. Aber nun, nachdem der Ostfeldzug fast abgeschlossen sei – er spreche das im vollsten Bewußtsein dessen was er sage –, könne der Krieg nicht mehr verloren werden, wenn die Heimat ihre Pflicht tue. Denn heute stünde ganz Europa unter Deutschlands Kontrolle. Bis zur Erringung des Endsieges müsse auch sie verheiratet bleiben. Die Tarnung dürfe nicht auffliegen, sonst wären sie beide verloren.

Sie teilten wahre Sternstunden. Leopoldine war sehr gerührt, als Staatsrat Professor Doktor Furtwängler ihrem Babe den goldenen Ring der Wiener Philharmoniker an die fleischige Hand steckte. Auch die Wiener Philharmoniker waren sehr gerührt, denn im Zuge der 100 Jahr Feier ihres Bestehens, einer Feier, deren äußerer Rahmen, der Ernst des Krieges, von der Gewißheit des Sieges überlagert wurde, führte Furtwängler ihre einzigartige Stellung in der Musikwelt auf ihre rassisch bedingte Einheitlichkeit zurück, wie sie kein anderes Orchester der Welt aufzuweisen habe.
Auch das romantische Element kam nicht zu kurz. Schirach unternahm mit einem falschen Bart unkenntlich gemacht, manchen Ausflug mit seiner Geliebten. Eng umschlungen blickten sie am Kahlen- und am Bisamberg in Sonnenuntergänge, unternahmen Fiakerfahrten, die sie bis nach Mayerling führten, ritzten Herzen und die Anfangsbuchstaben ihrer Vornamen in die Buchen des Wien umgebenden Waldes.

Doch die Götter sind ein neidisches Gezücht. Irgendwann geschah genau das Mißgeschick, vor dem er sich schon die längste Zeit gefürchtet hatte. Leopoldine eröffnete ihm, daß sie schwanger sei. Er beging die Ungeschicklichkeit, zu fragen, ob an seiner Vaterschaft kein Zweifel bestünde. Leopoldine spie ihm ins Gesicht.
„Wie kannst du es wagen!" fauchte sie.
Schirach wischte sich den Geifer von der Wange.
„Immerhin bist du verheiratet", sagte er kleinlaut. „Dein Mann ..."

„Dein Mann, dein Mann“, äffte Leopoldine. „Mein Mann ist ein Eunuch! Wir verkehren seit Ewigkeiten nicht mehr miteinander!“
„Ja, aber dein Mann ist doch noch jung! Wieso Eunuch?“
„Weil ich ihn kastriert habe.“ Der Satz war mit kühler Sachlichkeit gesprochen.
Dem Reichsleiter stand der Mund offen.
„Du hast was?!“
„Du hast schon richtig gehört.“
„Mit dem Messer?!“ Unwillkürlich krampfte er die Hand über sein Geschlecht.
„Gott, seid ihr Männer primitiv! Natürlich nicht mit dem Messer. Mit Sedobrol und Brosedan.“
„Was ist denn das um Himmels Willen?“
„Das sind Brompräparate in Form von Suppenwürzen.“
„Und die bewirken …“
„Die bewirken, daß der gesamte Bund Deutscher Mädel nackt antanzen könnte und nichts passieren würde. Gar nichts. Er kann mit seinem Adolf noch Wasser lassen, aber damit hat es sich schon.“
Schirach zuckte bei der despektierlichen Nennung des Führernamens zusammen. Dann kam ihm ein schrecklicher Gedanke. Vor seinem geistigen Auge spielte sich in höchster Plastizität eine häßliche Szene ab. Er sah Propagandaminister Goebbels, wie er die Schlagzeile für den Völkischen Beobachter entwarf:
Reichsstatthalter von Wien zwingt Geliebte, Gatten zu vergiften! Führer menschlich tief enttäuscht!

„Sonst zeitigt das keine Nebenwirkungen?“ fragte er besorgt.
Leopoldine gab sich einsilbig. „Weiß nicht. Schon möglich. Ausschauen tut er jedenfalls wie eine Leiche. Zittern tut er recht viel. Schlafen tut er schlecht. Manchmal wacht er in der Nacht auf und schreit. Und grausliche Ausschläge hat er. Aber – dir kann es doch nur recht sein, wenn er stirbt. Ist doch viel besser eine Witwe zu heiraten als eine Geschiedene. Schon wegen der Presse.“
Der Gauleiter wußte nichts zu erwidern. Quälende Stille machte sich breit. Das hatte er immer schlecht vertragen. Nicht zuletzt deshalb war er Hitler so verfallen. In der Gegenwart Hitlers gab es den Zustand der Stille nicht. Der Führer redete pausenlos. Um irgend etwas zu sagen, fragte er:
„Wann ist es denn passiert?“
„Weißt du noch, wie ich deine Rede zur Gründung des Europäischen Jugendverbandes in Wien aufgeschrieben habe?“
Schirach erinnerte sich gut. Es mußte Ende August, Anfang September gewesen sein. Er hatte Leopoldine, die damals schon recht passabel mit Stenostift und -block umzugehen wußte, zu sich gerufen und ihr erklärt, daß ein großes Ereignis anstünde.
Sie würde Zeugin einer bedeutsamen Grundsatzrede werden. Nicht so bedeutsam wie jene des Führers, das natürlich nicht, das würde er sich nie anmaßen, aber doch bedeutsam genug, daß Volksgenossen späterer Zeiten immer wieder daraus zitieren würden. Dann verschränkte

er die Hände hinter dem Rücken, ging auf und ab, immer fünf Schritte hin, fünf Schritte zurück, hüstelte gepreßt, alles Verhaltensweisen, die er sich von Hitler abgeschaut hatte, und begann, mit Pathos zu diktieren.
„*Wo immer der Jude versucht hat, ein Volk in seiner nationalen Substanz zu verletzen, hat er das durch die Erweckung der niedrigsten Instinkte, durch die Propagierung einer ungezähmten Geschlechtsgier und Verächtlichmachung jeder sittlichen und ethischen Zucht getan.*"
Leopoldine konnte nicht umhin, schallend zu lachen. Der Bleistift fiel auf den Boden. „So ein Blödsinn! Das ist aber jetzt nicht dein Ernst, Babe."
Der Reichsleiter hob das Schreibgerät auf und reichte es ihr. „Reiß dich zusammen, Poldi. Das ist Politik. Davon verstehst du nichts. Bitte notiere weiter:
Was einst in den Tälern der Provence erklang und bis auf unsere Zeit ein hohes Lied der Kulturvölker Europas geblieben ist, das Lied der Minne als Ausdruck jeder höheren Regung, die uns von Juden und nordamerikanischen Jazzband-Negern unterscheidet, kann von Menschen fremden Geistes nie verstanden werden. Dem Juden ist der Eros fremd."
„Der Poldi nicht!" unterbrach Leopoldine. Sie legte Stift und Block beiseite und bedachte ihn mit einem Blick, dem er nicht widerstehen konnte. Gebannt beobachtete er, wie sich seine Geliebte mit Grazie der Bluse entledigte und die Verschlußhaken des aus elastischem Trikotgewebe gefertigten Büstenhalters der Marke Hautana öffnete. Selbst Venus hätte in diesem Augenblick von Leopoldine noch etwas lernen können.

Ja, und dann hatte sich die wohlbekannte Geschichte wiederholt, nur daß sie sich diesmal nicht unter einem Lucas-Cranach- sondern einem Adolf-Hitlerbild abspielte, was der Lust freilich keinen Abbruch tat. Wie immer war er danach von einem wohligen Glücksgefühl erfüllt gewesen. Nackt auf dem Boden liegend rauchte er eine Zigarette und diktierte, inspiriert von dem Geschehenen, den Rest der Rede.

„Jeder Jude, der in Europa wirkt, ist eine Gefahr für die europäische Kultur! Wenn man mir den Vorwurf machen wollte, daß ich aus einer Stadt, die einst die europäische Metropole des Judentums gewesen ist, Zehntausende und aber Zehntausende von Juden ins Ghetto abgeschoben habe, muß ich antworten, ich sehe darin einen aktiven Beitrag zur europäischen Kultur."

Die vor einem mit Sorgfalt ausgewählten Publikum gehaltene Grundsatzrede war ein großer Erfolg gewesen und auch entsprechend akklamiert worden. Wien war judenfrei. Berlin noch nicht. Goebbels tobte.

Es waren goldene Tage gewesen, in diesem gottvollen September. Hitler lud ihn auf ein Wochenende auf dem Obersalzberg ein. Unter vier Augen tätschelte er ihm die Backe, strich ihm übers Haar und versicherte dabei, daß er außerordentlich zufrieden sei.

„Sie sind eines meiner besten Pferde im Stall, Schirach", sagte er. „Ich beobachte ihr Wirken mit großer Freude. Sie leisten in jeder Hinsicht Großes. Auch im privaten Bereich. Nein, widersprechen Sie mir nicht. Sie führen eine vorbildliche Ehe. Mir ist zu Ohren gekommen, daß ihre geschätzte Gattin bereits mit dem vierten Kind niedergekommen ist. Wieder eine Lebendgeburt, wieder ein strammer Sohn. Weiter so! Das Reich braucht gutes Blut. Deutschland braucht Soldaten. Grüßen Sie die liebe Henriette recht herzlich von mir, auch von Fräulein Braun! Mir selbst ist Nachwuchs ja leider versagt. Genies dürfen sich nun einmal nicht fortpflanzen, das Ergebnis enttäuscht in fast allen Fällen. Ich brauche nur an Goethes Sohn August erinnern. Ein gänzlich unbrauchbarer Mensch!"

Der Führer hatte noch viel Liebes und Wissenswertes gesagt. Schirach fuhr wie aufgeladen nach Wien zurück, wo er Kraft und Optimismus verbreitete. Doch nun, nach Leopoldines Eröffnung, fühlte er sich ausgebrannt und erloschen. Eine Tür hatte sich aufgetan und den Weg in Räume freigegeben, die ihm lieber unbekannt geblieben wären.

Nach Stalingrad ging es aufwärts. Alois spürte, daß die Talsohle durchschritten war. Vermutlich lag es am Radioapparat. Der Intendant des Reichssenders Wien leistete, was die moralische Aufrichtung seiner Hörer betraf, Übermenschliches. Heiterkeit hieß die Devise, von früh bis spät erfüllte arteigene Schlager- und Volksmusik die Räumlichkeiten von Direktor Faistenzeck. Vielleicht lag es aber auch an der Abwesenheit der Gattin. Die Arme – ihr war in letzter Zeit immer schlecht gewesen. Kaum ein Morgen, an dem nicht bedenkliche Geräusche aus der Toilette zu vernehmen gewesen waren. Alois drängte sie, doch einen Arzt aufzusuchen, was Leopoldine nach einigem Widerstreben auch versprach. Die Untersuchung ergab, daß sie an einem Magengeschwür infolge Überarbeitung laboriere. Einem gutartigen Geschwür, wie sie dem besorgten Gatten versicherte, nichts, was man mit einem Kuraufenthalt unbekannter Dauer nicht wieder in den Griff bekommen könne.

Der Abend vor der Abreise mußte in einer Atmosphäre großer Herzlichkeit und Liebe verlaufen sein. Faistenzeck konnte nicht mehr sagen, was konkret vorgefallen war, aber als er mit dröhnendem Kopf munter wurde, lag der nackte, warme Körper seiner Frau neben ihm. Alois war aus gutem Grund überrascht, sie schliefen seit langem in getrennten Betten. Die Irritation wich dem Verlangen, die in den ehelichen Hafen Zurückgekehrte zu küssen. Leopoldine erwachte, als er sich anschickte

sein Verlangen in die Tat umzusetzen und blinzelte ihn schlaftrunken an.
„Aber Ba ...“, sie verbesserte sich rasch, „aber Alois, hast du noch nicht genug? So stürmisch wie vergangene Nacht habe ich dich seit dem März 1938 nicht mehr erlebt.“ Er fühlte, wie ihn ein schon verloren geglaubtes Gefühl der Gnade durchströmte. Alle Anspannungen fielen ab. Schluchzend schmiegte er sich an ihren Leib, preßte sie an sich. Leopoldine löste sich peinlich berührt aus der Umarmung.
„Laß das Alois“ sagte sie, „du weißt doch, daß es mir gesundheitlich nicht gut geht. Ich glaube mir wird schlecht. Schnell – hol einen Kübel!“
Alois eilte hinaus.
Leopoldine wollte nicht zum Bahnhof begleitet werden, Abschiede seien ihr zuwider. Sie ließ ihn auch über das genaue Ziel der Reise im Unklaren, damit, wie sie erklärend hinzufügte, er nicht etwa in Versuchung komme, sie zu besuchen. Schließlich benötige sie absolute Ruhe. Alois nahm es ohne Widerspruch hin, er hütete sich, das neue Glück zu gefährden.

Nachdem Frau Faistenzeck zur Kur aufgebrochen war, geschahen außergewöhnliche Dinge – man entsann sich wieder der Existenz des Museums. Vom Veterinärrassehauptamt Ost kam eine mächtige Kiste. Das goldene Kalb in der Wüste war nicht freudiger umtanzt worden. Mit dem Brecheisen in der Hand zögerte Alois den köstlichen Augenblick der Öffnung immer wieder hinaus. Letztlich obsiegte die Neugierde. Der Deckel öffnete sich knirschend. Er hob ihn ab und spähte hinein. Es war nicht zu erkennen, was sich in der Kiste befand, sie war bis oben hin mit Hobelspänen angefüllt. Er griff hinein, spürte einen festen Gegenstand, packte ihn und zog ihn triumphierend empor ans Licht. Es war ein Pferdehuf. Alois warf ihn beiseite und wühlte weiter. Die Sendung bestand, wie er bald feststellen mußte, aus Dutzenden Pferdehufen. Im begleitenden Schreiben hieß es, man denke, dem geschätzten Herrn Kollegen mit den 43 Panjehufen eine kleine Freude bereitet und zur Bereicherung der Bestände beigetragen zu haben. Die deutlich sichtbaren Mißbildungen seien die Auswirkung von Rotz und Brustseuche. Im Gegenzug erbitte man sich die Vorderhand eines Haflingerpferdes um eine in der eigenen Sammlung als schmerzhaft empfundene Lücke zu schließen.

Das war nun nicht gerade berauschend, aber ein Anfang.

Interessanter war der Brief vom Reichsführer SS.

Himmler wollte das Buch „Tschingis Chan und sein Erbe" gelesen haben. „Durchgearbeitet", wie er schrieb. Er wünschte zu wissen, in welcher Weise

die Mongolen Fleisch trockneten und Milch konservierten. Seiner Meinung nach hätte die Ernährungskatastrophe der eingeschlossenen Truppen in Stalingrad leicht vermieden werden können, wenn alle gefallenen Pferde in der Weise behandelt worden wären, wie es die Mongolen taten. Die Geschichte biete die besten Lehren, man höre aber zu selten auf die Geschichte. Er befehle daher, sofort Versuche anstellen zu lassen. Er denke

daran, daß man aus den Gefangenen Angehörige der Kirgisen oder sonstiger Reitervölker zu den Versuchen heranziehen sollte. Er sehe die ganze Angelegenheit als sehr eilig an und bitte, über die Versuche auf dem laufenden gehalten zu werden.
Der Brief war nicht originär nach Wien gesandt worden, er hatte bereits einen längeren Postweg hinter sich. Aus den Stempeln mit der handschriftlichen Bitte um Weiterleitung war zu ersehen, daß sich schon das Reichssicherheitshauptamt und das Reichsernährungsinstitut erfolglos mit der Anfrage Himmlers beschäftigt hatten. Auch Faistenzeck war einigermaßen überfordert, nach längerem Grübeln leitete er ihn an die Fiakerinnung weiter.
Der Poststrom riß nicht ab. Die Heeresgruppe Mitte schickte erbeutete Troikabeschirrungen. Auf Geheiß Schirachs, den das schlechte Gewissen plagte, wurde der Gehörnte in den Rang eines Haupttruppführers der SA befördert. Faistenzeck hielt das Ernennungsdekret mit fassungslosem Stolz in den Händen. Es wurde umgehend gerahmt und erhielt einen Ehrenplatz unter dem Portrait des Führers. Fortan war es Alois eine liebe Gewohnheit, mit dem Bildnis stumme Zwiesprache zu halten. Die größte Freude bereitete ihm jedoch eine schlichte Korrespondenzkarte. Sie stammte von seiner Frau, von der er seit sechs Wochen nichts mehr gehört hatte. Es waren wunderbare Nachrichten; das Geschwür zurückgegangen, die morgendlichen Übelkeiten selten geworden. Dafür rege sich etwas Erfreuliches unter ihrem Herzen – er würde Vater werden. Trunken vor

Seligkeit küßte Faistenzeck das Schreiben. Der erste Balken im Mutterkreuz! Endlich tat sich wieder etwas in seinem Leben.

Wenn jemand ein Lied vom aufreibenden Geschäft der Bigamie singen konnte, dann der Gauleiter von Wien. Eigentlich quälte er sich sogar mit trigamischen Verhältnissen ab, denn neben seiner Frau und Leopoldine gab es noch den launischen Geliebten auf dem Obersalzberg. Hitler, wegen der jüngsten militärischen Fehlschläge in denkbar schlechter Stimmung, ließ ihn nach dem Zuckerbrot wieder die Peitsche schmecken.
Schirach hatte einen jener Montage hinter sich, an denen man nichts weiter begehrt, als ungewaschen ins Bett zu steigen, um schlafend zu vergessen. Der Tag war lang und zermürbend gewesen, schon das zum Zwecke der Freundschaftspflege abgehaltene Arbeitsfrühstück stand unter einem schlechten Stern. Die Teilnehmer, darunter der bulgarische Botschafter, der italienische Rüstungsminister und eine Abordnung rumänischer Faschisten, wollten ein verbindliches Endsiegsdatum wissen. Im laufenden Jahr, wie sie insistierten. Andernfalls müßten ihre Regierungen in Erwägung ziehen, sich nach anderen politischen Optionen umzusehen. Des Reichsstatthalters Entgegnung, ein solches Datum wisse nur der Führer, er für seine Person könne lediglich versichern, von der Gewißheit durchdrungen zu sein, daß der Ostfeldzug praktisch vor dem Abschluß stünde, klang schwächlich und wenig überzeugend. Die Herren schüttelten resigniert die Köpfe und widmeten sich dem Frühstück. Den beschwörend auf sie einredenden

Gauleiter beachteten sie nicht. Kaum hatten die wankelmütigen Bundesgenossen den Tisch abgegessen und sich fast ein wenig von oben herab verabschiedet, erwartete ihn ein neues Desaster. Leopoldine betrat den Raum durch eine Tapetentür und verlangte schrill nach einem verbindlichen Hochzeitsdatum. Andernfalls würde sie ihm eine Szene machen, die er nie vergessen würde. Sie sah aus wie eine Frau, die es ernst meint mit dem, was sie sagt. Schirach blickte auf die Uhr. Nur noch zwei Minuten bis zum Termin mit dem Verbindungsmann vom Führerhauptquartier. Wahrscheinlich stand er schon lauschend vor seinem Büro. Mit gedämpfter Stimme versuchte er ihr klarzumachen, daß der von ihr gewählte Zeitpunkt denkbar ungünstig war. Er verstehe ihre Situation, verspreche eine Lösung in ihrem Sinne, aber hier und jetzt gehe es nicht. Der Gauleiter deutete furchtsam zur Flügeltür.

„Draußen wartet der Kaltenbrunn. Das ist ganz ein Scharfer. Er fliegt noch heute Abend zum Führer und erstattet ihm Bericht zur Lage in Wien. Wenn der Kaltenbrunn etwas mitbekommt, kann ich mich gleich in ein Strafbataillon an der Ostfront einschreiben. Ist das in deinem Sinne?! Ist es das, was du willst, Poldi?"

Leopoldine war sich nicht sicher. Immerhin machte sie Anstalten wieder zu gehen. Schon an der Tür drehte sie sich um: „Ich gebe dir sechs Stunden."

Das Diktum bewirkte, daß sich Schirach bis zum Abend nicht mehr ausreichend zu konzentrieren vermochte und sowohl beim Verbindungsmann als auch bei den nachfolgenden Terminen nebulosen Unfug faselte.

Leopoldine erschien wenige Sekunden nach Ablauf des Ultimatums.
„Und? Wie hast du dich entschieden?“
Der Gauleiter kaute an seinen Fingernägeln. „Ich hatte heute noch keinen freien Augenblick um darüber nachzudenken.“
„Was gibt es da groß nachzudenken? Du hast mir versprochen, daß wir uns scheiden lassen und einander heiraten.“
„Nach dem Endsieg, habe ich gesagt, Leopoldine, nach dem Endsieg.“
Sie schnaubte verächtlich. „Aber ich bin jetzt schwanger. So lange kann ich nicht warten.“
Der Gauleiter ging auf und ab.
„Und wenn ich es dir verspreche, wenn ich dir mein Wort als Reichsstatthalter gebe, dich nach dem Endsieg zu ehelichen und das Kind als eigen Blut anzuerkennen, ist dir das nicht genug?“
„Nein.“
Der Gauleiter geriet in Verzweiflung: „Willst du es vielleicht schriftlich haben?!“
„Ja. Das wäre wohl das Mindeste.“
Es klopfte. Der Gauleiter zuckte zusammen.
Es klopfte erneut. Dem Gauleiter gelang ein dumpfes „Herein.“
Der livrierte Protokollchef trat ein. Blickte mißbilligend auf den Chef, der sich schwer atmend auf den Schreibtisch aufstützte. Zog, als er Leopoldine bemerkte, indigniert die Augenbrauen hoch.
„Es ist hoch an der Zeit Herr von Schirach. Herr von

Schirach haben einen Termin im Künstlerhaus. Herr von Schirach müssen die einleitenden Worte zur Eröffnung der neuen Ausstellung sprechen."
„Ziehen Sie die Rede des Ausstellungsleiters vor. Ich brauche noch ein paar Minuten."
„Aber das ist gänzlich unmöglich", belehrte der Livrierte, „das Protokoll verlangt in diesem Fall ausdrücklich ..."
„Das Protokoll bin ich!" brüllte Schirach. „Scheren Sie sich zum Teufel!"
Der Livrierte zog sich, die Worte „Proleten auf Thronen" murmelnd, zurück.
Der Gauleiter wandte sich weinerlich an Leopoldine.
„Schau nur, was du angerichtet hast! Aber ich bin selbst schuld. Es ist mein Verhängnis, daß ich allen Frauen in meinem Leben die Ehe versprochen habe. Allen. Erst Henriette und dann dir."
Er nahm am Schreibtisch Platz, sprang aber gleich wieder hoch.
„Nein", sagte er zu sich, „hier geht es nicht. Das ist der Schreibtisch von Metternich. Auf ihn hat er die Schlußakte zum Wiener Kongreß verfaßt. Ich darf ihn nicht entweihen."
Der Gauleiter wechselte zum Sekretärinnenplatz, riß eine Seite vom Stenoblock und schrieb einige Zeilen.
„So. Das sollte dich zufrieden stellen."
Leopoldine las und nickte.
„Dann kann ich jetzt gehen?"
Leopoldine reichte ihm den Vertrag. „Gleich. Eine Kleinigkeit noch. Streich ‚Endsieg' durch und ersetze es durch ‚Kriegsende'.

Schirach war fassungslos. „Aber Poldi! Du mußt doch an den Endsieg glauben!“
„Ich glaube, was ich sehe.“
Natürlich brachte er die gewünschte Änderung an. „Ich bin eben ein jämmerlicher Feigling“, warf er sich im Stillen vor, „ein jämmerlicher Feigling am Ende meiner Kraft.“
Dann fuhr er zum Künstlerhaus. Sein Auftritt entbehrte jeden Glanzes. Mit den Gedanken ganz woanders, stotterte der Gauleiter eingesunken und tonlos seine Ansprache vom Blatt.
Von zahlreichen Aussetzern begleitet, gab er der Freude Ausdruck, in seiner Funktion als Reichsstatthalter die einleitenden Worte zu der von ungebrochener bildnerischer Schaffensfreude zeugenden Ausstellung ‚Ostmärkische Maler erleben die Reichsautobahn' sprechen zu dürfen. Die Fahne der Kunst dürfe in dieser Stadt nicht in der Nische eines Museums hinter goldenen Gittern aufbewahrt werden. Nein. Man müsse sie über alle Straßen und Plätze tragen und dort, wo die Reaktion Barrikaden errichtet habe, solle sie das Sturmzeichen nationalsozialistischen Kampfes sein. Die Kunst sei, so Adolf Hitler, eine zum Fanatismus verpflichtende Mission. Gerade im Krieg wäre es von größter Wichtigkeit, mit einer Besessenheit sondergleichen an die künstlerische Sendung Wiens zu glauben. An den Reichsautobahnen zeige sich das dem arischen Menschen eingeborene Streben nach Schönheit. Nicht sinnlose, gerade Rennstrecken, sondern lebensvolle, in die Natur und Landschaft eingebettete Lebensadern seien die Straßen Adolf Hitlers.

Die Rede kam bei dem aus älteren Herrschaften bestehenden, wegen der Protokollverletzung verstörten Publikum nicht gut an.
Der Gauleiter blickte fröstelnd in die abweisenden Gesichter. Am liebsten wäre er weggerannt. Das ging natürlich nicht, denn beim anschließenden Empfang wollte sich jeder der ausstellenden Maler an der Sonne des Reichsstatthalters wärmen. Künstlergespräch reihte sich an Künstlergespräch. Jeder versuchte, dem zutiefst Erschöpften die Vorzüge seiner Technik darzulegen. Endlich war ein Ende in Sicht.

Schon beim Schließen der Tür zu seiner Amtsvilla wurde ihm klar, daß die Entscheidung, nach Hause zu fahren, keine glückliche gewesen war. Der jüngste Sohn schrie wie am Spieß. Henriette, durch monatelangen Schlafentzug dem Nervenzusammenbruch nahe, näherte sich ihm mit Mordlust im Auge.
Sie habe ihr Leben einfach satt, brach es aus ihr heraus, es reiche nun wirklich. Sie sei eine dumme Gans gewesen, daß sie ihn geehelicht habe. Es wäre klüger gewesen, den Werbungen Goebbels nachzugeben, der hätte sich nämlich auch für sie interessiert. Dann säße sie jetzt als Gauleitersgattin in Berlin und nicht in dieser unsäglichen Wiener Provinz. Schirach war zu müde, um sich auf eine Diskussion einzulassen. Er machte Anstalten ins Schlafzimmer zu gehen, doch Henriette meinte, so billig käme er ihr heute nicht davon. Der Gauleiter begriff, daß ohne künstliche Hilfsmittel an Ruhe nicht zu denken war. Er steuerte die Hausapotheke an, entnahm ihr ein

gläsernes Röhrchen, schluckte zwei Tabletten Dormol und legte sich angekleidet ins Bett. Das Schlafmittel wirkte schnell.

Es dämmerte, als der Führer den Reichsstatthalter zu sprechen begehrte. Schirach stand kurz vor dem Höhepunkt eines erotischen Traumes, das Läuten des Telefons drang nicht in seine Welten. Henriette rüttelte ihn wach.

„Nimm endlich ab, damischer Depp, damischer!“ zischte sie. „Oder willst du, daß der Kleine aufwacht?!“

Sie nahm den Hörer von der Gabel und hielt ihn unsanft an sein Ohr.

„Herein!“ rief er verwirrt.

„Sind Sie noch immer betrunken Schirach?“, wollte der Anrufer mit schneidender Stimme wissen.

Der Reichsleiter, mit einem Male hellwach, sprang aus dem Bett.

„Nein mein …“

Das Kind begann zu brüllen. Der Hund kratzte jaulend an der Schlafzimmertür.

„Ist das Geli? Geht es ihr gut? Sie haben wirklich Glück mit dem Hund, Schirach! Von mir selbst dressiert. Sie versteht jedes Wort und hat einen überaus scharfen Instinkt. Aber deswegen rufe ich nicht an. Es handelt sich um eine Sache, die keinerlei Aufschub duldet. Wissen Sie, wer vor einigen Stunden bei mir war? Kaltenbrunn. Er hat mich über den Stand der Dinge in Wien unterrichtet. Was haben Sie zu ihrer Rechtfertigung vorzubringen?“

„Mein Führer, ich kann alles erklären. Glauben Sie mir,

ich hatte am Volkssprechtag nicht die leiseste Absicht …"

„Der Volkssprechtag, der Volkssprechtag! Ersparen Sie mir ihre billigen Ausflüchte! Sie wissen genau, worauf ich hinaus will! Es geht hier nicht um den Volkssprechtag! Es geht um diese Stadt an der Wolga, wo wir unsere sechste Armee verloren haben!"

„Aber mein Führer, Sie können mich doch nicht für Stalingrad verantwortlich machen!"

„Unterstehen Sie sich, in diesem Ton mit mir zu reden! Natürlich haben Sie und Ihre verantwortungslose Politik Schuld! Kaltenbrunn sagte mir, daß Sie die Zügel in Wien schleifen lassen. Sie seinen dekadent geworden. In einer Zeit, wo jeder Mann an der Front gebraucht wird, beschäftigen Sie 17 betreßte Diener und einen Protokollchef. Statt ein leuchtendes Beispiel an Härte, Verzicht und Entsagung zu geben, tragen Sie einen Mantel mit Zobelkragen und essen mit Silberbesteck von kaiserlichem Porzellan."

„Aber, aber Göring hat allein 20 Kammerdiener und 37 Pelzmäntel", wisperte Schirach.

„Göring!", ereiferte sich Hitler. „Mit diesem Morphinisten habe ich bereits telefoniert. Er hat mir 50 Bediensstete für die Front versprochen. Rassisch erstklassiges Material. Außerdem 20 Pelzmäntel für die nationalsozialistische Volkswohlfahrt. Aber es geht hier nicht um den Herrn Reichsmarschall, es geht um Sie! Die Diener und das Silber sind ja nur die Spitze des Eisberges. Ganz offensichtlich geben Sie sich schon am Vormittag mit unseren verbündeten Versagern Alkoholexzessen hin.

Kaltenbrunn will sechs leere Sektflaschen gezählt haben. Zur Mittagszeit wären Sie keines klaren Gedanken mehr fähig gewesen, hätten nur noch wirres Zeug gestammelt. Ich kann und will derlei nicht dulden. Im Interesse Ihrer Gesundheit lege ich Ihnen für die Dauer von zwei Jahren ein absolutes Alkoholverbot auf."

Der Führer hängte ein. In Schirach vollzog sich eine Wandlung: Er begriff, daß der Krieg nun nicht mehr gewonnen werden konnte.

Faistenzecks Freude über das Kind war von leisem Mißmut verschattet. Der Mißmut rührte nicht vom Verdacht her, betrogen worden zu sein, über die Schwangerschaftsdauer von Menschen war er nie aufgeklärt worden. Nein, Faistenzeck fühlte sich vielmehr gekränkt, daß Leopoldine vom Antritt der Kur bis zur Niederkunft so gut wie nichts von sich hören ließ. Sie hatte geschrieben, das ja, aber in Summe zeugten die fünf Korrespondenzkarten von keinem verzehrenden Verlangen nach gedanklichem Austausch mit ihm. Natürlich hatte er versucht ihren Aufenthaltsort ausfindig zu machen. Da seine Frau ihre Botschaften mit keiner Absenderadresse versah, waren die Indizien dürftig. Erst bei der dritten Karte vermochte er den Poststempel zu entziffern: sie war im Helenental aufgegeben worden. Mit detektivischem Eifer machte er sich auf die Suche nach dort befindlichen Kuranstalten, mußte aber bald feststellen, daß sich im Helenental, von einem Sanatorium für Schwerkriegsversehrte einmal abgesehen nichts Passendes befand.
Dann aus heiterem Himmel plötzlich das Telegramm. „Sie sind Vater geworden Stop Kind und Mutter wohlauf Stop."
Er eilte ins Spital. Bereits im Foyer kam er sich deplaziert vor, die Privatklinik atmete Geld und Vornehmheit. Seine nicht ganz sauberen Hände hinter dem Rücken verbergend, erkundigte er sich nach Leopoldine.

„*Sie* sind der Vater?", fragte die Empfangsdame ungläubig. Faistenzeck bejahte stolz. Die Empfangsdame zögerte. „Nehmen Sie es mir bitte nicht übel, aber dürfte ich sie um Ihren Ausweis ersuchen?"
Faistenzeck zog die SA-Legitimation aus der Tasche. „Eigentlich bin ich ja schon Haupttruppführer. Aber ich hatte noch nicht die Zeit, mir das eintragen zu lassen."
Die Dame studierte das Dokument lange und umständlich, ehe sie ihm mitteilte, wo Leopoldine lag.
„Zuvor waschen Sie sich bitte die Hände. Wir wollen ja nicht an vermeidbaren Infektionen Schuld tragen, nicht wahr, junger Mann?"
Alois tat beschämt, wie ihm geheißen.
Vor Leopoldines Tür wartete ein weiteres Hindernis in Form zweier Leibwächter.
„Sie wünschen?"
„Ich bin der Vater. Darf ich bitte hinein?"
„Das geht jetzt leider nicht. Sicherheitsvorkehrung, Sie verstehen, Volksgenosse."
Faistenzeck verstand nicht und trat unschlüssig von einem Bein aufs andere.
„Verzeihen Sie, aber wann wird es denn gehen?"
„Wenn der Herr Gauleiter seinen Besuch beendet hat."
„Der Herr Gauleiter?" fragte Faistenzeck perplex. „Sagten Sie Gauleiter?" Die Worte waren kaum verklungen, als sich die Tür öffnete. Schirach gewahrte Alois, senkte den Blick und rauschte davon.
„Jetzt dürfen Sie zu Ihrer Gattin."
Alois trat in das Zimmer. Beim Anblick der zahllosen Rosen fiel ihm ein, daß er auf die Blumen vergessen

hatte. Leopoldine lag im Bett und sah blühend aus. Sie schien vergnügt und leicht geboren zu haben.
„Schön, daß du gekommen bist, Alois." Sie deute auf einen Schemel.
Er zögerte. Die Stimme, seine ganze Frau kam ihm plötzlich stockfremd vor.
„So genier dich nicht. Setz dich!" Er gehorchte.
„Wir können uns heute leider nur kurz sehen. Die Niederkunft hat mich doch sehr mitgenommen."
„Was ist es denn?" fragte Alois begierig.
„Du meinst mein, ich meine das Kind? Ein Stammhalter, ein Sohn."
„Kann ich ihn sehen?"
Leopoldine nickte und betätigte einen Klingelknopf.
Eine Schwester erschien. „Frau Faistenzeck haben geläutet?"
„Sonst wären Sie ja kaum hier. Bringen Sie das Kind."
Die Schwester blieb freundlich. „Sofort, Frau Faistenzeck."
Alois waren all die Sätze, die er ihr hatte sagen wollen entfallen. Leopoldine hatte kein Bedürfnis, sich mit ihm zu unterhalten. Sie blickte durch ihn hindurch, er starrte auf den Boden. Endlich kam die Schwester mit dem Gewünschten.
„So, bitte schön hier ist der Kleine. Haben gnädige Frau noch einen Wunsch?"
"Kommen sie in drei Minuten wieder. Herr Faistenzeck wird nicht lange bleiben."
Alois beugte sich andächtig über das Kind. Es war ein Naturwunder, ein Elementarereignis, es war das schönste

Kind der ganzen Welt. Daneben war es für eine Frühgeburt verdächtig groß und gut entwickelt.
„Wie werden wir ihn denn nennen?"
„Er hat schon einen Namen. Baldur Leopold Benedikt."
Alois hob den Kopf.
„Wieso ausgerechnet Baldur Leopold Benedikt?"
„Weil ich es so entschieden habe."
Alois widersprach nicht. Zärtlich blickte er in das Gesicht des friedlich schlummernden Säuglings und suchte nach Ähnlichkeiten mit seinem eigenen.
„Ich glaube, er hat meine Nase", entdeckte er schließlich freudig. Dann kamen die Worte wieder, die er ihr hatte sagen wollen.
„Leopoldine, du weißt ja nicht wie froh ich bin, daß du endlich …"
Seine Frau drückte auf den Knopf.
Die Tür öffnete sich fast augenblicklich.
„Mir ist nicht gut. Ich brauche Ruhe. Bitte begleiten Sie Herrn Faistenzeck hinaus."

Wider Erwarten fanden sich Sohn und Gattin wenige Tage danach zuhause ein. Alois, von ihrem Eintreffen vollkommen überrascht, hatte nichts vorbereitet. Die Wohnung sah aus wie ein Ort, an dem ein mit den Dingen des Alltags überforderter, allein stehender Mann sechs Monate lang gehaust hat. Motten surrten durch die Luft, Staub und schmutzige Kleidung bedeckte die Böden. In Abwasch und Badewanne türmte sich schimmelüberzogenes Geschirr. Das Bettzeug war ganz offensichtlich seit ihrer Abfahrt nicht gewechselt worden. Es bedurfte nur eines einzigen Anrufs Leopoldines im Gauhaus um die Sache zu bereinigen. Ein aus drei französischen Fremdarbeiterinnen bestehender Putztrupp erschien, tauschte sich nach einer kurzen Bestandsaufnahme darüber aus, daß die Deutschen, insbesondere die Österreicher ein Volk ganz besonders unreinlicher Schweine seien, und machte sich an das Entwesungswerk.

Dafür, daß der Krieg ein totaler geworden war, belastete er die Familie Faistenzeck nur mäßig. Während rings um sie herum gehungert und gedarbt wurde, waren sie in der Lage, Bezugsscheine für Nahrungsmittel, Textilien und Tabak verfallen zu lassen. Tagtäglich, die Wochenenden nicht ausgenommen, begehrten Boten Einlaß, schwer bepackt mit Lebensmitteln und anderen Dingen, die längst aus den Läden verschwunden waren. Irgendeinen Vorteil müsse es schließlich nach sich ziehen, im Gauhaus zu arbeiten und das Kind nach dem Gauleiter benannt zu haben, erklärte Leopoldine. Sie war bei vollen Bezügen auf unbestimmte Zeit vom Dienst freigestellt. Alois ereilte bald darauf ein ähnliches Schicksal, das Museum wurde als nicht kriegswichtiger Betrieb geschlossen. Auch er saß zunächst bei vollen Bezügen untätig zuhause, erfreute sich am kleinen Baldur Leopold Benedikt und ließ den Herrgott einen guten Mann sein. Seine Daueranwesenheit vermochte allerdings nicht mit den Vorstellungen Leopoldines von häuslicher Idylle zu korrespondieren. Sie drängte ihren Mann, endlich seinen Beitrag zum Heldenkampf des Deutschen Volkes zu leisten und sich an die Front zu melden. Alois weigerte sich. Daraufhin intervenierte sie bei Schirach, aber dies eine Mal blieb der Gauleiter hart. Das käme gar nicht in Frage, er sei kein Mörder, lautete seine erstaunliche Begründung. Schließlich fand sich ein Kompromiß: Faistenzeck wurde an der Flak ausgebildet und in der Luftabwehr von Wien

eingesetzt. Seine neue Tätigkeit gefiel ihm gut, was nicht allein daran lag, daß es nur wenig zu tun gab. Wien war bis dato nicht bombardiert worden und würde, so der allgemeine Tenor, aller Voraussicht nach auch niemals aus der Luft angegriffen werden. Es habe schon einen Grund, warum der Amerikaner und der Engländer nur die Städte des Altreichs in Schutt und Asche legten. Dort saß schließlich der Feind, dort waren die Kriegstreiber, die Bonzen, die echten Nazis. Außerdem war Wien viel zu schön, um zerstört zu werden.
Alois fand eine Reihe guter Kameraden beim Luftschutztrupp. Eigentlich waren sie angehalten Mathematik zu treiben, um Einflugs- und Schußwinkel für den Ernstfall zu üben. In der festen Überzeugung, daß ein solcher nie eintreffen werde, vertrieb sich die Geschützmannschaft die Zeit mit anderen Dingen. Es gab leidenschaftlich geführten Diskussionen über die indiskutable Qualität der Kriegsmarmelade, über die Leitartikel des immer spärlicher werdenden Zeitungsangebots und, da niemand den Leitartiklern über den Weg traute, über den Zeitpunkt, wann der Iwan in Wien eintreffen werde. An den Endsieg glaubte keiner mehr.
Zu den ersten Maßnahmen die Leopoldine nach den Eintritt des Gatten in den Luftschutz traf, gehörte die Aufstellung eines Regelkatalogs um ein gedeihliches Zusammenleben sicherzustellen. Der Punkt, der Alois am meisten zu schaffen machte, betraf den geschlechtlichen Teil des Ehelebens. Seine Frau legte ihm dar, daß sie die Geburt nur mit knapper Not überlebt habe, aus diesem Grund an weitere eheliche Freuden nicht

zu denken sei. Alois Einwand, daß es Mittel gäbe, die eine erneute Schwangerschaft ausschlössen, wischte sie mit dem Hinweis beiseite, daß ein solches bereits in der Zeugungsnacht versagt habe. Sie für ihren Teil hätte nicht die geringste Lust, ihr Leben erneut aufs Spiel zu setzten. Schließlich brauche der Kleine seine Mutter. Natürlich wäre sie sich darüber im Klaren, daß er als Mann Bedürfnisse habe. Aber diese könne sie aus gesundheitlichen Gründen nicht mehr befriedigen. Es stehe ihm frei, sich nach außerehelichen Vergnügungen umzusehen, dafür würde sie das vollste Verständnis aufbringen.
Alois war sprachlos. Er protestierte energisch, meinte, das Angebot sei bei aller Großzügigkeit nicht annehmbar. Dann müsse er sich enthalten oder selber helfen, meinte Leopoldine ungerührt. Auch könne er die Scheidung einreichen. Faistenzeck erbat Bedenkzeit.
Die Kameraden, denen sich Faistenzeck nach einigen Tagen fruchtlosen Grübelns anvertraute, waren außerstande, seine, wie sie meinten, moralischen Bedenken nachzuvollziehen. Von solch einem Freibrief würden sie alle träumen, er solle kein Narr sein und sich nehmen, was ihm unter die Finger käme. Es sei weniger eine Frage der Moral, meinte Alois traurig, aber er wisse nicht, wo er jemand kennen lernen solle. Die Kameraden lachten. Er lebe wohl hinterm Mond, nie wäre es mit den Weibern einfacher gewesen. Ob er noch nicht realisiert habe, daß der totale Krieg herrsche? Daß sie ihm, ohne groß nachdenken zu müssen, ein Dutzend Frauen, wahre Prachtexemplare darunter nennen könnten, die ihm vor

Dankbarkeit noch die Socken stopfen würden, wenn er nur eine Nacht mit ihnen verbrächte?
Alois schaute sie ungläubig an. So einfach sei das? Die Kameraden nickten eifrig.
So kam es, daß für Alois das Blütenstadium seines Lebens in die Zeit vom Juli 1943 bis zum Dezember 1944 fiel. Ab dann wurde es ungemütlich, der Russe war doch schon etwas nah und die Propaganda wußte nichts Angenehmes über das Vorrücken der Roten Armee zu berichten. Die eineinhalb Jahre bis zum Anbruch der Ungemütlichkeit waren Faistenzeck ein einziges langes Fest, welches über weite Strecken beinahe orgienhaften Charakter hatte. Mit den Weibern verhielt es sich genau so, wie es die Kameraden erzählt hatten. War man gesund und nicht mangelhaft, konnte man nahezu jede haben, vor allem, wenn man wie in seinem Fall immer auf überschüssiges Brot, Zigaretten und Alkohol zurückgreifen konnte. Selbst als die Amerikaner, denen die Schönheit Wiens in Wirklichkeit herzlich gleichgültig war, doch noch begannen, ihre todbringende Fracht über der Stadt auszuklinken, tat dies der Feierlaune Faistenzecks keinen Abbruch. Er saß zu diesem Zeitpunkt bereits in einem der neuen Flaktürme, wo er sich ein in jeder Hinsicht bombenfestes Liebesnest eingerichtet hatte.
Leopoldine ging in ihrer Rolle als Mutter voll und ganz auf, erwies sich vielleicht sogar als zu fürsorglich, da sie das arme Kind weit häufiger als eigentlich nötig an ihrer monströsen Milchbrust stillte. Wie jede gute Mutter ließ sie sich selbst ein wenig gehen, lief mit fettigen Haaren, Hausschuhen und schlampig zugebundenem

Bademantel in der Wohnung herum. Ein Mal pro Woche ging allerdings eine seltsame Wandlung vor und aus dem stillenden Entlein wurde ein Vorstadtschwan. Das war immer donnerstags – und jeden Donnerstag war Alois angehalten kurz vor 16 Uhr zu erscheinen, und sich dem Kinde zu widmen.
Dann rauschte die Gattin geputzt, um nicht zu sagen aufgedonnert, zu ihrem jour fixe mit dem Gauleiter. Offiziell traf sie ehemalige Arbeitskolleginnen, und immer wurde es sehr spät.

Der letzte jour fixe fand Anfang April 1945 statt, wenige Tage, nachdem Schirach den Ausnahmezustand ausgerufen hatte. Die Schulen waren geschlossen, die wenigen noch fahrenden öffentlichen Verkehrsmittel eingestellt, den männlichen Einwohnern untersagt worden, Wien zu verlassen. Hinter aus Schutt und Gerümpel improvisierten Barrikaden kauerte das aus Hitlerjugend und Volkssturmmännern bestehende letzte Aufgebot.
Leopoldine fiel ein gepanzertes Wehrmachtsfahrzeug auf, das vor der Villa des Gauleiters geparkt war. Der Abend zog sich quälend in die Länge. Schirach rauchte eine Zigarette nach der anderen, blickte beständig auf die Uhr und hatte vor Anspannung Flecken im Gesicht. Auf ihre Frage, wie es weitergehen würde, meinte er, seine Pflicht sei in drei Worten ausgerückt: Siegen oder sterben. Dann heulten die Sirenen, und sie sahen zu, daß sie in den Luftschutzkeller kamen. Als in unmittelbarer Nähe die ersten Bomben einschlugen, färbte sich des Reichsstatthalters Cashmerehose dunkel und

ein aufdringlicher Abtrittsgeruch erfüllte den Raum. Frau Faistenzeck rückte angeekelt beiseite, ehe sie ihm befahl, die Kleidung zu wechseln, alle Wertgegenstände in handliche Bündel zu schnüren und sich augenblicklich Richtung Westen abzusetzen. Morgen wäre es vielleicht schon zu spät.
Das könne er mit seiner Ehre als Reichsverteidigungskommissar von Wien nicht vereinbaren, erklärte Schirach. Entweder gelänge es ihm den Russen zurückzuschlagen oder er müsse das Schicksal der Nibelungen teilen und als Held untergehen. Leopoldine herrschte ihn an, er solle nicht solchen Blödsinn reden, er habe schließlich jetzt schon die Hose im wahrsten Sinne des Wortes voll. Sie für ihren Teil würde die Entwarnung abwarten, sich nach Hause fahren lassen und den Sohn holen. Wenn sie zurückkomme, erwarte sie, daß er fertig gepackt und Reiseproviant hergerichtet habe.
Alois war über die frühe Rückkehr seiner Frau vom Damenabend erfreut, das Hüten des Kindes gehörte nicht zu seinen favorisierten Tätigkeiten. Der kleine Baldur Leopold hatte mit Beginn des Luftangriffes gräßlich laut zu weinen begonnen und war nur mit Mühe wieder zu beruhigen gewesen.
Leopoldine erwiderte kaum seinen Gruß. Sie begann Kästen aufzureißen, Dinge herauszuzerren und diese in Koffer zu werfen. Faistenzecks Frage, was denn das schon wieder solle, beantwortete sie nicht. Als sie fertig war, nahm sie den Sohn, wickelte ihn in eine Decke und trug ihrem Mann auf, das Gepäck hinunterzubringen.
Diesmal bestand er auf eine Erklärung.

„Wenn du es unbedingt wissen willst: Eine Arbeitskollegin hat noch einen Platz im Auto frei. Baldur und ich fahren in die Alpenfestung.“
„Und was ist mit mir, bitteschön?“
„Du bleibst da und verteidigst die Stadt. Wehrfähigen Männern ist es verboten, Wien zu verlassen. Das weißt du doch“, antwortete sie gereizt.
Alois schaute unschlüssig auf die schlampig gepackten Koffer. Aus einem lugte ein roter seidener Zipfel heraus.
„Und wieso nimmst du das Abendkleid mit?“
Leopoldine überlegte blitzschnell.
„Weil wir etwas zum Tauschen brauchen werden. Oder glaubst du, ein Salzburger oder Tiroler Bauer gibt etwas aus freien Stücken her?“
Das war freilich wahr. Faistenzeck strich sich nachdenklich über sein schütteres Haar und zwirbelte das Hitlerbärtchen.
„Warte noch einen Augenblick. Ich werde mich rasch rasieren und als Frau verkleiden. Dann kann ich auch mit.“
Leopoldine verzog den Mund.
„Ich bitte dich, Alois. Du gehst doch nie als Frau durch. Es gibt überall fliegende Standgerichte, die kontrollieren alle paar hundert Meter jeden Wagen der hinaus will. Du würdest uns gefährden. Außerdem gibt es nur noch einen Platz. Ich kann euch doch nicht beide auf den Schoß nehmen.“
Alois Augen füllten sich mit Tränen.
„Vielleicht bekomme ich eine Genehmigung vom Gauamt, daß ich auch hinausdarf.“

„Das Gauamt ist geschlossen. Dort arbeitet keiner mehr. Außerdem – so schlimm wird es schon nicht werden. Der Gauleiter hat in seiner letzten Rede gesagt, wenn jeder Mann seine Pflicht tut, dann wird der asiatische Ansturm an den Mauern der Stadt zerschellen. Genau so wie bei den Türken 1683, hat er gesagt."

Faistenzeck war nicht überzeugt und kramte seine Volksschulbildung hervor:

„Erstens sind das Russen und keine Türken. Die haben Geschütze und schießen nicht mit Pfeil und Bogen, oder, wenn es hochkommt, mit Vorderladern. Zweitens gibt es keine Mauer mehr, an der irgend etwas zerschellen könnte. Drittens sehe ich weit und breit kein Entsatzheer. Viertens – wenn du dir so sicher bist, daß nichts passiert, wieso bleibt ihr dann nicht …"

„Es reicht, Alois! Sei nicht so entsetzlich feig! Was soll Baldur Leopold nur von dir denken! Du nimmst jetzt das Gepäck und trägst es hinunter."

Das Argument mit dem Kind wirkte. Wenn er schon sterben müßte, dann sollte der Kleine seinen Vater wenigstens als Held in Erinnerung behalten.

Schluchzend nahm er die beiden Koffer.

Draußen vor dem Haustor wartete eine schwarze Limousine mit laufendem Motor. Faistenzeck nahm sie nur akustisch wahr, seine Augen waren tränenblind. Eine Stimme, die ihm bekannt vorkam, wünschte einen schönen Abend und nahm ihm das Gepäck ab. Alois trocknete sich die Tränen. Vor ihm stand eine hoch gewachsene Gestalt, deren Gesicht er wegen der Verdunkelung nicht erkennen konnte.

„Wissen Sie nicht mehr, Herr Faistenzeck?“, fragte die Gestalt. „Ich hatte vor einigen Jahren das Vergnügen, Sie nach Piber zu chauffieren.“
„Halten Sie keine Volksreden Blaschke, wir müssen los. Es ist höchste Zeit. Mach’s gut und leb’ wohl. Wir sehen uns sicher bald wieder.“
Leopoldine reichte ihm die Hand und stieg in den Wagen. Alois blieb nicht einmal Zeit, sich von seinem Sohn zu verabschieden. Entgeistert blickte er der Limousine nach.

Die Fahrt zum Reichsstatthalter dauerte länger als erwartet. Immer wieder sah sich Blaschke gezwungen, langwierige Umwege zu nehmen, da Trümmer eingestürzter Häuser die Straße blockierten. Mit jeder Routenänderung steigerte sich die Unruhe Leopoldines. Als sie endlich ihr Ziel erreicht hatten, stand sie kurz vor einer Panikattacke. Das Wehrmachtsfahrzeug war nicht mehr da. Sie übergab ihren Sohn Blaschkes Obhut und hastete zur Eingangstür. Diese war versperrt, doch verfügte Leopoldine über einen Zweitschlüssel, von dem nicht einmal Schirach etwas wußte. Vor Angst und Nervosität zitternd, gelang es ihr erst im dritten Anlauf die Türe zu öffnen. Obwohl sie sich der Sinnlosigkeit ihres Tuns bewußt war, rief sie den Kosenamen des Gauleiters in die dunkle Eingangshalle.
Babe?!
Der Ruf verhallte. Leopoldine machte Licht und betrat den Salon. Sie bemerkte mit Erleichterung, daß die Bilder von Cranach und Breughel an ihren angestammten

Plätzen hingen. Noch einmal flackerte ein schwacher Hoffnungsschimmer auf. Vielleicht war er ja gar nicht geflohen, sondern nur mit Geli spazieren. Babe würde wohl kaum gegangen sein, ohne die beiden Gemälde mitzunehmen, kunstbeflissen, wie er war. Der Hoffnungsschimmer erstarb jäh, als sie sich genauer umsah. Die goldene Dose war verschwunden. Ebenso das Spitzendeckchen und der Ring der Philharmoniker. Die Panik wich einem Gefühl der Wut. Dieses pflichtvergessene feige Schwein! Sie ging durch die Zimmerfluchten und entdeckte immer mehr Gegenstände, die dem Gauleiter mitnehmenswerter erschienen waren als sie und ihr Sohn. Ein Rubens. Der Renoir. Inkunabeln. Mahnende Briefe Goethes an seinen mißratenen Sohn August.

Im Herrenankleidezimmer standen sämtliche Schränke offen. Am Boden lag die besudelte Hose.

Leopoldine war eben im Begriff, sich einen Überblick der fehlenden Kleidungsstücke zu verschaffen, als ihre Aufmerksamkeit durch ein Geräusch gefesselt wurde. Lauschend hob sie den Kopf. Im Eingangsbereich des Hauses weinte ein Kind. Sie ließ alles fallen und lief hin. Baldur Leopold stand verängstigt im Flur. Leopoldine warf einen Blick auf die Straße. Blaschke war verschwunden. Ihr Gepäck hatte er mitgenommen. Sie ging zurück und füllte einen Rucksack mit Dingen, die ihr wertvoll erschienen. Dann nahm sie den Sohn und machte sich auf den beschwerlichen Heimweg.

Begreiflicherweise hatte Alois nach dem dramatischen Abgang seiner Frau keine Lust verspürt alleine Trübsal zu blasen. Da das Telefon wider Erwarten noch funktionierte, rief er in der Kommandozentrale des Flakturms an und holte bei einem seiner Kumpanen Erkundungen ein, welche Luftwaffenhelferinnen gerade anwesend seien. Zu seiner Freude hatte in dieser Nacht die Mizzi Dienst, ein unkompliziertes, gut gewachsenes Mädchen mit einer ausgeprägten Schwäche für Süßigkeiten. Vorsorglich steckte er zwei Tafeln Schokolade und eine Flasche Eierlikör in die Manteltasche, ehe er in sein Liebesnest eilte.
Für Leopoldine gestalteten die Stunden bis zum Tagesanbruch bedeutend unerfreulicher. Bereits nach wenigen hundert Metern konnte das Kind nicht mehr. Obwohl sie das Gewicht des Rucksacks fast zu Boden drückte, sah sie sich genötigt, nun auch noch den Sohn zu tragen.
Verbissen wankte Leopoldine durch die Nacht. Bald zeigte sich, daß sie beim Packen zu gierig gewesen war – die Last überstieg ihre Kräfte. Schweren Herzens trennte sie sich von einer Kleinplastik. Die Erleichterung hielt nicht lange vor. Noch ehe die Bezirksgrenze passiert war, landete die Münzsammlung des Gauleiters auf der Straße. So ging es weiter. Als sie, kurz vor dem Zusammenbruch, ihren Bestimmungsort erreichte, enthielt der Rucksack nur noch einige wenige antike Schmuckstücke. Das Haustor stand offen. Leopoldine

schleppte sich, alle paar Stufen pausierend, mit letzter Kraft die beiden Stockwerke hinauf. Vor der Wohnung angekommen, mußte sie feststellen, daß ihr der Schlüsselbund abhanden gekommen war. Das Läuten blieb ohne Antwort. So gut es eben ging, bettete sie das Kind in den Rucksack und legte sich daneben.
Dem Gatten bot sich bei seiner Heimkunft am nämlichen Morgen ein zu Herzen gehendes Bild. Frau und Baldur Leopold lagen schlafend auf dem Fußabstreifer. Behutsam nahm er den Sohn und ging mit ihm in die Wohnung. Leopoldine beachtete er nicht. Zuerst brüllte sie unflätige Beschimpfungen und trat zornig gegen die Türfüllung. Als Alois hart blieb, verlegte sie sich auf lautes Flehen. Schließlich durfte sie doch noch hinein. Nicht, weil er gewillt war, ihr zu verzeihen, sondern weil das Kind nach seiner Mama verlangte.
Die Eroberung von Städten geht selten ohne große Lärmentwicklung vonstatten. Im Falle des Ehepaares Faistenzeck erwies sich dieser Umstand nicht einmal von Nachteil, manch unschönes Wort der Auseinandersetzung ging im Lärm des Artilleriefeuers unter. Erst als die Kampfhandlungen ihr Viertel erreichten, beschlossen sie, ihren Konflikt auf friedlichere Zeiten zu verschieben.

Wien war befreit, Strom und Wasserversorgung zusammengebrochen.
Es war für die Faistenzecks eine Phase, in der sie eine Fülle neuer Erkenntnisse gewannen. Leopoldine begriff rasch, daß man tunlichst keinen Schmuck tragen soll,

wenn man in Gegenwart marodierender Soldateska am Hydranten um Wasser ansteht. Auch Alois zahlte sein Lehrgeld, als er in alter Gewohnheit mit „Heil Hitler“ grüßte. Grün und blau geschlagen kehrte er zurück. Nach diesen Zwischenfällen verließen sie die Wohnung nur noch, wenn es unbedingt sein mußte. Immerhin brauchten sie in den ersten Monaten nach Kriegsende nicht zu hungern: Dank der vom Reichsstatthalter veranlaßten Lieferungen hatte sich eine beträchtliche Menge an Lebensmitteln angesammelt.

Es schien, als ob die Faistenzecks relativ glimpflich davongekommen waren.

Am privaten Unglück änderte sich nichts, die zwischen Leopoldine und Alois bestehende Kluft erwies sich als unüberbrückbar. Da jedes gewechselte Wort die Gefahr neuer Zwistigkeiten barg, verlegte sich das Ehepaar aufs Schweigen. Glücklicherweise war die Wohnung groß genug, so daß man sich einigermaßen aus dem Weg gehen konnte. Leopoldine hätte lieber heute als morgen ihren Mann verlassen, verfügte jedoch nach der Schließung des Gauhauses über kein eigenes Einkommen mehr. Ihre einzige, reichlich vage Zukunftshoffnung blieb zunächst verschollen.

Schirach war in Tirol untergetaucht, wo er sich unter dem Pseudonym Richard Falk als Kriminalschriftsteller ausgab. Er hätte besser daran getan, sich mit einer anderen Profession zu versehen. Seine Quartierwirtin fühlte sich in ihrer Funktion als Leiterin der örtlichen Leihbibliothek überaus geehrt, einen Schriftsteller aus Fleisch und Blut zu beherbergen, und drängte ihn, ihr doch etwas aus seinem Opus zu lesen zu geben. Schirach erwiderte es gäbe nichts, was er lieber täte, doch sei das Auslieferungslager seines Verlages in den letzten Kriegstagen verbrannt, weshalb er ihr leider kein Buch verehren könne. Die Quartierwirtin blieb hartnäckig. Er verbringe den ganzen Tag in seiner Kammer und schreibe mit wahrem Bienenfleiß. Beim schönsten Sonnenschein sitze er hinter seiner Schreibmaschine, nie ginge er vor Einbruch der Dunkelheit auf die Straße. Ihr würden schon ein paar Seiten reichen. Schirach geriet in tödliche Verlegenheit. Es stimmte, er mied das Tageslicht – allerdings aus Furcht erkannt zu werden – und betätigte aus Tarngründen die Tastatur ohne Unterlaß. Aber er bedeckte die eingespannten Blätter immer nur mit einem einzige Wort: „Nichts."

Nun stand er unter Zugzwang. In dieser Nacht begann Schirach alias Falk, die Geschichte eines Mordes zu schreiben. Sie handelte von einem herzensguten Mann, der durch eine Verkettung unglücklicher Umstände an ein liederliches Weib geriet. Während die Figur des Mannes eigentümlich blaß und unscharf blieb, war das Weib mit eindrucksvoller Dichte dargestellt. Man vermeinte bei der Lektüre, die Frau bildlich vor sich zu sehen, wie sie über den Stickrahmen gebeugt Bösartigkeiten ausbrütete. Der Mann war der Frau verfallen, er liebte sie tief, aufrichtig und rein, trug sie auf Händen und widmete ihr Sonette.

Sie vergalt es ihm schlecht. In seinem Leben gab es ein dunkles Geheimnis, nichts ernstes, irgendeine Jugendtorheit, die ihm, publik geworden, gleichwohl hätte gefährlich werden können. Die Frau kam dahinter und begann ihn zu erpressen. Er gab ihr buchstäblich alles, nahm sogar Kredite auf, um ihre unverschämten Forderungen zu erfüllen. Ihre Gier erwies sich jedoch als grenzenlos. Schirach tropften vor Ergriffenheit die Tränen auf die Maschine, als er beschrieb, wie die Frau damit drohte, mit ihrem Wissen an die Öffentlichkeit zu gehen, wenn er nicht mehr zahlen könne. Seine Beteuerungen, daß alle Gegenstände von Wert bereits veräußert seien, stießen auf taube Ohren. Er unterstütze seine Mutter doch allmonatlich mit einer gewissen Summe, meinte das herzlose Weib. Auf diese sei das alte Mütterlein in seiner Not auch angewiesen, entgegnete der herzensgute Sohn. Die Entgegnung war in der ungeheizten und also bitterkalten Küche ausgesprochen worden, wo der blasse, unscharfe Mann gerade damit beschäftigt war, sich eine dünne Scheibe von einem Laib altbacken Brot zu schneiden. Die Not seiner Mutter sei ihr völlig egal, meinte das Weib, sie bestehe auch auf diesen Betrag. Solle die Alte doch verhungern, sie habe schließlich lange genug gelebt. Die Worte waren kaum verklungen, da stak das Brotmesser zwischen ihren Rippen. Schirach war von einem Gefühl tiefer Genugtuung erfüllt, als die Ruchlose nach einem eineinhalb Seiten langen Todeskampf ihr Leben verröchelte. Dann wußte er nicht mehr weiter. Eine Zeitlang überlegte er noch, wie man eine Leiche am plausibelsten verschwinden lassen könne, kam aber zu keiner befriedigenden Lösung. Das Beseitigen von Leichen war in der Vergangenheit immer von anderen für ihn besorgt worden.

Nichtsdestotrotz konnte er stolz auf sich sein, er hatte zehn Seiten gefüllt, das war für seine Verhältnisse nicht wenig und sollte die Wirtin fürs erste zufrieden stellen.

Schirach sollte sich nicht täuschen: Die Wirtin zeigte sich, als er ihr die Blätter tags darauf als kleines Geschenk überreichte, hoch erfreut. Im Rahmen ihrer Tätigkeit als Dorfbibliothekarin seien im Lauf der Jahrzehnte dutzende Bücher durch ihre Hände gegangen, ein Originalmanuskript wäre nie darunter gewesen. Ob der Herr Schriftsteller so gut wäre, ihr eine Widmung hineinzuschreiben? Das Ansinnen schmeichelte der Eitelkeit des Autors. Er schrieb einige Worte auf das Titelblatt und setzte seinen Namen darunter. Die Beschenkte begann unverzüglich zu lesen. Der Titel klang spannend: Das Geheimnis des Benedikt S. Die Widmung war herzlich ausgefallen: Meiner ebenso gütigen wie geschätzten Quartierwirtin im schönen Land Tirol mit guten Wünschen zugeeignet. Baldur von Schirach.

An dieser Stelle hielt sie inne und hob fragend den Kopf.

Wieso Baldur von Schirach, wenn er doch Richard Falk heiße?

Der Autor senkte verlegen sein Haupt und schwieg.

Nein so etwas, meinte die Wirtin, mit dem Schnurrbart sehe er ganz anders aus als auf den Fahndungsfotos der Bundespolizeidirektion. Nie hätte sie ihn erkannt.

Schirach wußte nichts zu entgegnen.

Es täte ihr leid, sie kenne und schätze seine Gedichte, fuhr die Wirtin fort, aber unter den derzeit herrschenden

Umständen könne sie ihn nicht länger bei sich wohnen lassen. Er möge doch so gut sein, und sich eine andere Bleibe suchen. Nach Möglichkeit sofort, jedenfalls innerhalb der nächsten 24 Stunden. Einem ertappten Jugendlichen nicht unähnlich, schlich der Dichter zurück in die Kammer. Mühsam kratzte die Feder über das Papier.
Tags darauf lag auf dem Schreibtisch des amerikanischen Ortskommandanten ein in bemühter Schönschrift abgefaßter Brief:

Aus eigenem Entschluß begebe ich mich in amerikanische Gefangenschaft, um damit die Möglichkeit zu haben, mich vor einem internationalen Gericht zu verantworten. Baldur von Schirach.

Leopoldine erfuhr erst mit geraumer Verspätung von der Festnahme Babes.
Sie suchte umgehend einen Anwalt auf, dem sie die Geschichte bis ins letzte Detail erzählte. Unter den skeptischen Blicken des Juristen zog sie einen abgegriffenen Stenozettel aus der Tasche. Der Anwalt las und war beeindruckt. Dieser Kontrakt zähle zweifelsohne zu den interessantesten Dokumenten, die ihm im Laufe seines Berufslebens untergekommen wären. In der Sache selbst könne er ihr allerdings keine Hoffnung machen, Schirach sei einer der 22 Angeklagten im Nürnberger Hauptkriegsverbrecherprozeß. So wie er die Herren von der Siegerjustiz einschätze, werde man den Herrn Gauleiter wahrscheinlich hängen. Er würde ihr empfehlen, sich in dieser Angelegenheit möglichst still zu verhalten. Das Honorar für das Beratungsgespräch möge sie gleich im Sekretariat begleichen.
Doch es sollte noch schlimmer kommen, die in vielerlei Hinsicht empörend brutale Naziverfolgung machte auch vor Alois nicht halt. Im November 1945 flatterte eine eingeschriebene Benachrichtigung in die Behausung der Faistenzecks; der Inhalt war niederschmetternd:

„Gemäß § 10 der Verordnung vom 22. August 1945, STGBI Nr. 131 zur Durchführung des Verbotsgesetzes wird Ihnen mitgeteilt, daß Ihre am 26. April 1938 erfolgte Anstellung auf Grund des § 20 des Verbotsgesetzes

widerrufen, somit außer Kraft gesetzt ist. Infolgedessen haben Sie keinen Anspruch auf eine Abfertigung. Ihre Bezüge werden mit Ende dieses Jahres eingestellt. Dieser Bescheid ist endgültig.
Gründe: Da Ihre Anstellung zwischen dem 13. März 1938 und dem 27. April 1945 erfolgt ist und Sie, wie nach den gepflogenen Erhebungen festgestellt ist, seit dem 21. Mai 1934 Mitglied der NSDAP waren, somit in der Zeit zwischen dem 19. Juni 1933 und dem 13. März 1938 nach Erreichung des 18. Lebensjahres der NSDAP angehört haben, mithin nach dem § 10 des Verbotsgesetzes als Illegaler anzusehen sind, finden auf Sie als einer der im § 17 des Verbotsgesetzes genannten Person die Bestimmungen des § 20 dieses Verfassungsgesetzes Anwendung, die besagen, daß Anstellungen solcher Personen bei einer Unternehmung des Staates von Gesetzes wegen widerrufen sind. Mit dem Widerruf und dem damit Außerkrafttreten der Anstellung ist auch der aus der Anstellung erfließende Anspruch auf Abfertigung weggefallen.“

Die alarmierende Nachricht zwang die Faistenzecks, sich gemeinsam an einen Tisch zu setzen, und Kriegsrat zu halten. Alois sah die Dinge nüchterner als seine Frau. Er schlug vor, Teile der Wohnung unterzuvermieten. Der Vorschlag war an sich klug, hatte jedoch den entscheidenden Schönheitsfehler, daß er von ihm stammte. Leopoldine meinte das käme nicht in Frage, sie denke gar nicht daran, fremdes Gesindel hereinzulassen. Alois wies darauf hin, daß ohnedies nur die beiden mit dem

Ofen beheizbaren Zimmer von ihnen bewohnt würden. Die Gattin blieb stur, der Kriegsrat vertagte sich auf unbestimmte Zeit.
Leopoldine hätte gut daran getan, dies eine Mal nachzugeben, denn wenige Tage darauf erschien ein Herr von der Bewirtschaftungsbehörde für Wohnraum. Er unterzog die Räumlichkeiten einer eingehenden Prüfung und wies dem entsetzt protestierenden Ehepaar zwei bombengeschädigte Familien zu.
Wie sich bald herausstelle, waren diese nicht die Art von Nachbarn, mit denen eine friedliche Koexistenz möglich ist. An Zahl und Kräften überlegen, besetzten sie die beheizbaren Zimmer und verbannten die Faistenzecks in ein auf den Lichthof hinausgehendes Kabinett.
Das Weihnachtsfest hätte trauriger nicht ausfallen können. Alois, dem Kind in närrischer Liebe zugetan, tauschte am Schwarzmarkt einige Dosen des rapide schwindenden Konservenvorrats gegen einen verkrüppelten Tannenbaum. Der Sohn wurde während der Schmückung desselben in den Kasten des voll gestopften Kabinetts gesperrt. Das geschah nicht in böser Absicht, man wollte ihn lediglich überraschen. Die Überraschung misslang; noch ehe der Baum fertig aufgeputzt war, wurde er von den Mitbewohnern beschlagnahmt, zerhackt und im Kachelofen verheizt. Baldur hatte seine Todesängste umsonst ausgestanden. Was blieb, war eine unüberwindbare Abneigung gegen das Weihnachtsfest.

Die unfreiwillige Nähe führte zwischen dem Ehepaar Faistenzeck zunächst noch zu keiner weiteren Eskalation:

Alois und Leopoldine waren vollauf damit beschäftigt, sich durchzufretten, und abends für Streitigkeiten zu matt. Die Netzwerke, auf die die beiden zurückgreifen konnten, erwiesen sich als zu grobmaschig geknüpft, als daß sie eine echte Hilfe gewesen wären. Leopoldines Freundinnen, durchwegs höhere NS-Funktionärinnen, saßen in alliierten Gefangenenlagern. Bei Alois sah die Sache nicht viel besser aus, seine Kameraden vom Flakturm waren nicht in der Lage, ihm eine reguläre Beschäftigung zu verschaffen. Von den 20 ehemaligen Kanonieren standen lediglich zwei in einem fixen Dienstverhältnis; der eine arbeitete in einer Fabrik für Holzsärge, Metallsärge, Transportsärge, Sargverzierungen und Sargtapeten, der andere hatte in einer Firma für Schädlingsbekämpfung angeheuert, wo er mit patentierten elektrischen Vergasungsapparaten Ratten, Mäuse, Schaben, Motten und anderes Ungeziefer vertilgte. Einer versuchte sich als Selbständiger, er übte das Gewerbe des Tschikarretierers aus. Einige Wochen schloß sich Alois dem Selbständigen an, gemeinsam suchten sie mit klammen Fingern die Bürgersteige Wiens nach noch mundfeuchten Zigarettenstummeln ab. Der solcherart gewonnene Tabak wurde in Zeitungspapier gerollt und in 5-er Tranchen unter dem Namen O5 vertrieben. Die Nachfrage nach dem gehaltvollen Produkt war nicht einmal gering, doch verstießen die zwei Jungunternehmer damit gegen die strengen Bestimmungen des österreichischen Tabakmonopols. Sie wurden angezeigt und zu einer empfindlichen Geldstrafe verurteilt, deren Erlegung ihre letzten finanziellen Reserven aufzehrte.

Danach versuchte sich die Gattin in der Rolle der Ernährerin. Doch auch Leopoldine erwies sich als Fehlbesetzung, niemand verspürte Neigung und Lust, Fett, Brot oder Zucker für Handarbeiten einzutauschen.
Weitere Initiativen wurden vom Hunger vereitelt. Eine Zeitlang, als sich die Zuteilung auf Lebensmittelmarken in erster Linie auf Erbsen beschränkte, führte das Paar eine wahrhaft woyzecksche Existenz. Wären diese nicht verwurmt gewesen, hätten die Faistenzecks den strengen Winter aus Mangel an Proteinen wohl kaum überlebt. Verschärfend kam hinzu, daß sich die Nachbarn ungleich fähiger im organisieren von Eßbarem erwiesen. Sie feierten bei in Butterschmalz gebratenen Kartoffeln ausschweifende Gelage. Es half wenig, daß Alois die Türe mit Verdunkelungspapier abdichtete, der Geruch trieb ihn, seine Frau und das Kind fast in den Wahnsinn.

Die Rettung war einer ruhrähnlichen Erkrankung zu verdanken. Leopoldine befand sich auf offener Straße, als sich ihr Gedärm zusammenkrampfte und heftig nach Entleerung verlangte. Sie war geistesgegenwärtig genug, einige handbeschriebene Zettel von einer Bretterwand zu reißen, ehe sie hinter derselben verschwand. Frierend und vor Erschöpfung wankend kehrte sie nachhause zurück.
Sohn und Mann lagen, angetan mit allen verfügbaren Kleidungsstücken im Bett. Alois hob bei ihrem Eintritt den Kopf und fragte, nicht ohne Ironie, was es denn heute Schönes zu essen gebe. Wenn es ihre Kräfte zugelassen hätten, hätte sie ihn erschlagen. So beschränkte sich

Leopoldine darauf, die Ausbeute des mehrstündigen Anstehens auszubreiten. Viel war es nicht; ein Säckchen der unvermeidlichen getrockneten Erbsen, etwas Mehl und – als einsamer kulinarischer Höhepunkt – ein Stück Schwarte. Das Kind bekam glänzende Augen, als es die Schwarte erblickte, es hatte schon schlechter gegessen. Leopoldine konnte nicht gleich zum Mahle rüsten, da die feindlichen Mitbewohner noch in der Küche zu Gange waren. Ungeduldig erwartete die Familie den Zeitpunkt, wo die Radiosendung „Was gibt es Neues?" mit dem Conférencier Heinz Conrads begann, welche von den Bombengeschädigten im Kollektiv, und man kann sagen, nicht ohne Sucht gehört wurde. Endlich ertönte die Kennmelodie. Herr Conrads begrüßte seine Fangemeinde mit süßlichen Worten, Frau Faistenzeck huschte in die Küche. Das Feuer im Herd brannte nicht mehr. Leopoldine suchte in den Taschen ihres Mantels nach einem Stück Papier zum Unterzünden und wurde fündig. Es war einer jener Zettel, die sie in ihrer Not von der Bretterwand gerissen hatte. Das Papier war von guter Qualität und mit einer altertümlichen Schrift bedeckt. Leopoldine begann zu lesen:
Junggeselle, Vorkriegscharakter, im gehobenen Staatsdienst stehend, sucht tüchtige Haushaltsgehilfin. Beste Bezahlung (auf Wunsch auch Teilentlohnung in Viktualien möglich). Interessentinnen werden gebeten, freitags gegen Dienstschluß (13h) im Bundesministerium für Volksernährung bei Herrn Ministerialrat Katholitzky vorstellig zu werden.
Die Worte *Junggeselle*, *Volksernährung* und *Minis-*

terialrat strahlten so hell wie der Stern, der einst den Weisen aus dem Morgenland den Weg nach Bethlehem gewiesen hatte.

Sensiblere Naturen wurden unweigerlich von einem Gefühl der Beklemmung erfaßt, wenn sie sich dem Ministerium für Volksernährung näherten. Dem Gebäude, welches in früheren Zeiten das Institut für Rechtspflege beherbergt hatte, haftete eine düstere Aura an, was damit zusammenhängen mochte, daß es auf dem mittelalterlichen Hinrichtungsgelände der Stadt errichtet worden war.

In der Portiersloge saß eine vierschrötige Henkersgestalt, die die Haushaltsgehilfin in spe mit dem Hinweis, daß es bereits 20 Minuten vor Dienstschluß sei, abzuwimmeln versuchte. Diese ließ sich jedoch nicht einschüchtern und verlangte mit Nachdruck, Herrn Katholitzky zu sprechen. Der Henker wurde, nachdem der Name gefallen war, augenblicklich freundlicher. Er beschrieb Leopoldine den Weg zum ministerialrätlichen Büro und gab ihr den Rat, mit Herrn Katholitzky möglichst laut zu reden, dieser sei nämlich ausgesprochen derrisch, pardon, schwerhörig.

In den vorangegangenen Tagen hatte Leopoldine viel Zeit damit verbracht, sich auszumalen, wie ihr künftiger Arbeitgeber beschaffen sein mochte. Herausgekommen war das in optimistischen Farben gehaltene Bild eines wohlgenährten, galanten Kavaliers in seinen besten Jahren, der sich, des Alleinseins müde, nach einer Frau sehnte, so heiß sehnte, daß auch ein Kind kein Hindernis darstellen würde.

Sie hatte es sehr eilig zum Büro des Junggesellen zu gelangen. Schließlich trennte sie nur noch eine einzige Tür vom neuen Glück. Sie klopfte, in fiebriger Erwartung eines schönbrunnerdeutsch gefärbten „Herein!"
Nichts, nicht einmal ein Knurren. Sie klopfte erneut. Es blieb still. Wider alle guten Sitten stieß sie die Tür auf und trat in den Raum.
Der Ministerialrat saß, halb verdeckt von Aktenbündeln hinter seinem Schreibtisch und war damit beschäftigt, einer seiner wenigen Passionen nachzugehen: der Verbesserung der Interpunktion im amtlichen Schriftverkehr. Überflüssig zu sagen, daß Ludwig Victor Katholitzky den Vorstellungen Frau Faistenzecks in keiner Weise entsprach. Er war ein kleiner, hagerer, kahler Mann, dessen Gesicht und Kleidung feiner Aktenstaub bedeckte. Leopoldine mußte sich gehörig zusammenreißen, um nicht verzweifelt aufzulachen.
Der Ministerialrat gab ein tadelndes Geräusch von sich, er hatte ein fehlendes Komma entdeckt. Er befeuchtete einen tadellos gespitzten Buntstift mit seiner weiß belegten Zunge, setzte den Beistrich und schrieb ein mit drei Rufzeichen garniertes „B" an den Aktenrand. Er erinnerte in diesem Augenblick stark an eine emsige, graue Echse.
Frau Faistenzeck versuchte, mit einem beherzten „Grüß Gott" auf sich aufmerksam zu machen. Katholitzky fuhr unbeirrt mit seinen Korrekturen fort. Vielleicht war er Agnostiker oder Sozialist oder beides und die Erwähnung Gottes ihm ein Greuel. Leopoldine artikulierte ein lautes „Guten Tag". Auch dieser Gruß zeitigte keine Wirkung. Empört über die mangelnde Beachtung war sie nahe

daran, wieder zu gehen, als ihr Blick auf einen Stapel Lebensmittelkarten fiel. Sie näherte sich in einem Hungerreflex dem Stapel, wobei ihr Schatten auf den Ministerialrat fiel. Die Echse schreckte hoch. Sie fühlte sich belästigt, war sie doch soeben auf einen Satz gestoßen, in dem das Komma zwar korrekt gesetzt, ein Semikolon jedoch angebrachter gewesen wäre.
„Ja?", fragte er in der eigentümlichen Sprechweise der Hörbehinderten.
„Sie wünschen, junge Frau?"
„Ich komme wegen der Anzeige."
Katholitzky legte die Hand hinter sein Ohr.
„Sie müssen schon lauter sprechen. Ich höre ein wenig schlecht."
„Ich komme wegen der Anzeige!!", rief Leopoldine. „Sie suchen doch eine Haushaltsgehilfin!!"
Der Ministerialrat zuckte ärgerlich mit den Schultern.
„Ich kann Sie noch immer nicht verstehen. Wo ist denn mein Hörrohr, Kruzitürken noch einmal?! Haben Sie mein Hörrohr gesehen? So schauen Sie doch!"
Leopoldine erspähte das abscheuliche blecherne Teil. Das Ansatzstück war mit einer schmierigen Masse, allem Anschein nach Ohrenschmalz überzogen. Sie überwand ihren Ekel und reichte ihm den Schalltrichter. Dabei fiel ihr auf, daß die Echse absonderlich spitz geformte, geradezu luchsartige Ohren hatte.
Der Ministerialrat fand kein Wort des Dankes. Er betrachtete sie mißtrauisch, während er das Rohr ansetzte.
„So. Jetzt noch einmal, laut, klar und deutlich. Was ist ihr Begehr?"

„Ich komme wegen der Stelle als Haushaltsgehilfin“, brüllte Leopoldine. Sie war bemüht, klar, deutlich und höflich zu brüllen.
„So. Soso. Wegen der Stelle kommen Sie also. Ja haben Sie denn Erfahrung in der Führung eines Haushaltes? Sind Sie verläßlich, reinlich, können Sie kochen, waschen, flicken?“
Frau Faistenzeck nickte.
„Sind wohl verheiratet? Haben Mann, Kinder?
Frau Faistenzeck nickte erneut.
„Wie viele Kinder?“
Sie streckte einen Finger in die Luft.
„So. Habe leider nur wenig Erfahrung im Dingen von Gesinde. Versuchen wir es halt einmal. Montag Punkt Acht bei mir, die Adresse gibt Ihnen der Portier. Und wenn Sie schon da sind, können Sie den Mistkübel auch gleich ausleeren.“
Leopoldine nahm das Behältnis, widerstand der Versuchung, es der Echse über den Kopf zu stülpen, und schlich gedemütigt aus dem Zimmer.

Im Leben des Ludwig Victor Katholitzky hatte sich bis in die jüngste Vergangenheit nichts ereignet, was die Mühe der Niederschrift rechtfertigen würde. Er war das einzige Kind eines unbegüterten Beamten, der ihm unter größten Entbehrungen den Besuch des Realgymnasiums ermöglicht hatte. Am Vorabend des Ersten Weltkriegs legte der von seinen Mitschülern spöttisch „Luziwuzi“ Genannte die Reifeprüfung ab, und trat in das Ministerium für Landwirtschaft ein.

Aus der österreichisch-ungarischen Monarchie wurde Deutsch-Österreich, aus der Republik ein Ständestaat, aus dem Ständestaat die Ostmark des Großdeutschen Reiches. Alles veränderte sich, nichts hatte Bestand, nur Katholitzky blieb, was er immer gewesen war, ein definitiv gestellter, somit unkündbarer Beamter, der treu, gehorsam und verschwiegen seiner Arbeit nachging. Alles hätte dafür gesprochen, daß er unbehelligt ein spätes Grab erreicht hätte, wäre man in seiner Abteilung nicht auf die Idee verfallen, ihm anläßlich seines 30-jährigen Dienstjubiläums ein Geschenk zu machen. Über seine Vorlieben war wenig bekannt, was damit zusammenhängen mochte, daß Gespräche mit Schwerhörigen mühevoll und wenig ersprießlich sind. Man beriet hin und her, und es war nicht der geringste Teil der Arbeitszeit, der dem Prozeß der Geschenkfindung zum Opfer fiel. Einer wollte gehört haben, daß Katholitzky jeden Donnerstag zwischen 17 und 18 Uhr in einem Kaffeehaus Karten spiele. Ein anderer glaubte, sich dunkel erinnern zu können, daß der Kollege etwas sammle, leider wisse er nicht mehr genau was. Es gab keine Frau Gemahlin, die man hätte befragen können, wohl aber eine Haushälterin. Jene bestätigte die Geschichte mit dem Kaffeehaus. In der Tat fröne ihr Dienstherr dem Tarockspiel, bestelle sich gelegentlich sogar ein Glas Wein dazu, welches er freilich nie austrinke. Er sei eben in allem sehr mäßig, der Herr Katholitzky. Und tatsächlich gäbe es eine Sammlung, eine von Mineralien nämlich. Wenig hätte Herrn Katholitzky während des gesamten Krieges so erbittert,

wie die Schließung des Naturhistorischen Museums, in dessen Gesteinsabteilung er viele erfüllte Stunden verbracht hatte. Sonst falle ihr nichts ein.
Nein, Katholitzky habe alles und brauche nichts. Aber ihr könnte man eine große Freude mit einem Radioapparat machen. Das Abstauben der Gesteinsbrocken sei eine ausnehmend eintönige Tätigkeit, einige Takte Musik kämen ihr dabei sehr gelegen. Sie hätte die Angelegenheit auch schon mit ihm besprochen. Mit Engelszungen habe sie in sein Hörrohr hineingeredet, ganze Korrespondenzblöcke mit ihrem Begehr beschrieben, aber Katholitzky sehe die Anschaffung eines solchen Gerätes als unnötige Ausgabe an. In gewisser Weise verstehe sie ihn auch, schließlich höre er fast gar nichts mehr. Auf der anderen Seite … Sie sah den Besucher aus dem Ministerium bittend an.

Katholitzky nahm die Ehrungen und das Geschenk mit unbewegter Miene entgegen, er liebte keine wie auch immer gearteten Veränderungen in seinem gewohnten Tagesablauf. Das Gerät stand einige Wochen unbeachtet in der Wohnung, ehe er sich so weit daran gewöhnt hatte, daß er sich durchringen konnte, es in Betrieb zu nehmen. Er schraubte an den Reglern, fand einen Sender, drehte die Lautstärke auf höchstmögliche Stufe und versuchte, sich ein wenig zu freuen. Katholitzky war eben im Begriff, sich aus einer Flasche Likör ein Glas zur Zelebration des Tages einzuschenken, als die Wohnungstür gewaltsam geöffnet wurde. Zwei Herren traten herein, sie trugen knöchellange Ledermäntel, schalteten das Radio

aus und nahmen Katholitzky, der nicht wußte, wie ihm geschah, mit in das Gestapohauptquartier.
Er verbrachte die Nacht in einer schmerzhaft hell ausgeleuchteten Zelle, wurde tags darauf vor ein Sondergericht geführt, wo man ihn wegen Zuwiderhandlung der am 7. September 1939 in Kraft getretenen Verordnung über außergewöhnliche Rundfunkmaßnahmen zu einer mehrjährigen Kerkerstrafe verurteilte. Die Beweislage war eindeutig, Katholitzky hatte einen Feindsender gehört, die ganze Hausgemeinschaft war Zeuge des Rundfunkverbrechens geworden.
Im April 1945 öffneten sich die Türen des Gefängnisses und heraus trat ein an Leib und Seele mißhandelter Mann mit einer tapferen politischen Vergangenheit. Katholitzky wurde als verfolgter Widerstandskämpfer des nationalsozialistischen Regimes eingestuft und avancierte zum Ministerialrat. Da im Landwirtschaftsministerium keine passende Stelle frei war, wurde er kurzerhand in das neu geschaffene Ressort für Volksernährung versetzt. Dort saß er nun, unterschrieb Akte und verbesserte mit unermüdlicher Schaffensfreude deren Interpunktion. Das Radio hatte er zerschlagen und alles sprach dafür, daß sein Leben mit der angestrebten ereignislosen Kontinuität weiter verlaufen wäre, hätte ihm seine alte Haushälterin nicht plötzlich aus heiterem Himmel gekündigt. Aber selbst dieses Problem war von dem misanthropischen Eigenbrötler gemeistert worden.

Frau Faistenzeck verlebte das Wochenende mit gemischten Gefühlen. Einerseits graute ihr in hohem

Maße vor dem seltsamen Ministerialrat. Sie konnte sich so gar nicht vorstellen, ihre Zukunft auf ein Reptil zu bauen. Andererseits war der Gedanke, unbestimmte Zeit bei Erbsensuppe mit Alois und Baldur im Kabinett zuzubringen, noch bedrückender. So erschien sie am Montag zur angegebenen Stunde bei Katholitzky, der ihr mit einer Umständlichkeit, wie sie nur jahrzehntelanger Staatsdienst hervorzubringen vermag, die Haushaltsgebräuche erklärte. Keine Besuche, keine Telefonate, kein Konsum von Tabak oder Alkohol während der Arbeitszeit. Derlei könne er nicht leiden, aus diesem Grund behalte er sich vor, ab und an Kontrollbesuche zu machen. Keine unnötige Verschwendung von Gas und Strom, niemals vergessen, daß Mahlzeiten auch in Kochkisten gar werden. Peinliche Sauberkeit bei sparsamster Verwendung der Reinigungsmittel. Er ließ es sich nicht nehmen zu demonstrieren, wie ein Putzlappen möglichst textilschonend ausgewrungen wird, das hatte er in der Haft gelernt.
Leopoldine drückte sich während der pedantischen Belehrungen ihre Fingernägel ins Fleisch, bis es blutete. Die Echse befahl ihr, ehe sie endlich Anstalten machte zu gehen, alle Anweisungen zu wiederholen. Dann wurde die Türe von außen zugesperrt, und sie war allein. Leopoldine fühlte sich dennoch beobachtet, mit angespannten Sinnen, ein Ohr stets Richtung Türe gewandt, fegte sie geschäftig durch die Wohnung. Die Liste der Tätigkeiten, die das Reptil zu erledigen ihr aufgetragen hatte, war lang und erlaubte keinen Augenblick der Ruhe. Der Ministerialrat verzichtete an diesem ersten Tag auf Über-

raschungsbesuche. Um 16 Uhr 15 wurden die beiden Sicherheitsschlösser entriegelt, und Katholitzky trat ein. Er suchte, ausgestattet mit einem Taschentuch, in verstecken Winkeln nach Staub, kontrollierte den Flüssigkeitsstand der Likörflasche und zählte seine Mineralien. Nachdem er die Begutachtung abgeschlossen hatte, wandte er sich Leopoldine zu. Seinem Gesichtsausdruck war nicht zu entnehmen, ob er mit der geleisteten Arbeit zufrieden war. Er reichte ihr eine fest verschnürte Pappschachtel, zählte ihr einen Schein und einige Münzen in die Hand und sagte: „Am Freitag eine Stunde früher."

Die Haushälterin schwor am Heimweg heilige Eide nicht wiederzukommen. Sie hatte guten Grund enttäuscht und zornig zu sein, der Betrag, den ihr Katholitzky ausgezahlt hatte, entsprach weniger als dem gesetzlich vorgeschriebenen Mindestlohn. Zuhause angekommen, stellte sie erleichtert fest, daß Gatte und Sohn ausgegangen waren. Erschöpft warf sich Leopoldine aufs Bett und schlief augenblicklich ein.

Ein Duett jubelnder Stimmen holte sie in die Wirklichkeit zurück. Ihre Männer hatten bei der Rückkehr das Paket entdeckt, es geöffnet und zogen jetzt Köstlichkeit um Köstlichkeit daraus hervor. Es war einfach überwältigend, im wahrsten Sinne des Wortes überwältigend: Milchpulver, Schokolade, Reis, Nudeln, eine erst kürzlich abgelaufene Fischkonserve, gepökeltes Pferdefleisch, Suppenwürze, ja sogar an Kaffee-Ersatz hatte das Reptil gedacht. Die Faistenzecks priesen den großzügigen Mann mit freundlichen Worten und begannen mit Appetit zu essen.

Man muß weit in der Überlieferung zurückgehen, um einen Sturz zu finden, der ähnlich drastisch verlaufen ist wie jener von Frau Faistenzeck. Vielleicht reicht die Menschheitsgeschichte gar nicht aus, um einen Fall wie den ihren zu dokumentieren, und mythologische Figuren müssen bemüht werden: Luzifer etwa, oder Ikarus.
In den ersten Wochen bei Katholitzky war Leopoldine noch zu schwach, sich dem Luxus solch müßiger Überlegungen hinzugeben. Ihre Kraft kehrte erst allmählich zurück.
Es dürfte zwischen dem 12. und 14. Lebensmittelpaket gewesen sein, als sie zu dem Schluß kam, daß sich ihre gegenwärtige Existenz mit ihrer Würde als Mensch und ihrer ehemaligen Stellung als Gauleitergeliebten nicht vereinbaren ließ. Leopoldines Gedanken kreisten beständig um den mager gewordenen Herrn von Schirach, der, angetan mit einer dunklen Sonnenbrille, einer mehr als ungewissen Zukunft entgegensah. Die Einschätzung des von ihr aufgesuchten Rechtsanwalts teilte sie nicht. Sie kannte ihren Babe in- und auswendig; er hatte seine Schwächen, war weich, bisweilen feig, ein Schöngeist und Schwärmer eben, aber sicher kein Kriegs-, geschweige denn ein Hauptkriegsverbrecher. Man würde ihn sicher freisprechen, allenfalls zu einer bedingten Strafe verurteilen. Bis zur Urteilsverkündung mußte sie sich durchbeißen, dann würde alles gut.
Es gelang ihr, den Namen von Schirachs Verteidiger

ausfindig zu machen, den sie mit wirren Briefen bombardierte, in denen sie sich als Mitarbeiterin und Entlastungszeugin anbot.
Der Verteidiger antwortete nie.
Ihr Durchhaltewillen wurde nicht zuletzt vom Gatten auf eine schwere Probe gestellt.
Alois schien mit dem Dasein als Drohne nicht unzufrieden und machte keinerlei Anstalten, sich nach einem neuen Arbeitsverhältnis umzusehen. Er beanspruchte den Löwenanteil der Lebensmittel für sich und verließ das Kabinett fast nur noch, wenn ihm die Natur kam. Leopoldines Drohung, daß sie ihn verlassen würde, wenn er nichts zum Unterhalt beitrüge, begegnete er mit der stoischen Feststellung, Reisende solle man nicht aufhalten, er für seine Person halte sie nicht, sie sei ein freier Mensch und könne gehen, wohin es ihr beliebe. Dann schaffte er ihr an, sich in die Küche zu trollen und Kaffee zu kochen. Alois wußte sehr genau, daß es keinen Ort gab, wo sie sonst hin konnte.
Ende September schöpfte sie Hoffnung, denn die Urteilsverkündung stand unmittelbar bevor. Sie war in der Wohnung des Ministerialrats, als die Stimme des Kolporteurs durch das geöffnete Fenster drang.
„Extrablatt! Die Urteile von Nürnberg! Lesen Sie alles über das Strafausmaß der Kriegsverbrecher!“
Leopoldine ließ den Reibfetzen fallen und stürmte zur Tür. Verschlossen. Das Reptil traute ihr noch immer nicht. Sie hastete zurück zum Fenster, aber der Kolporteur war bereits weiter gezogen.
Bis zur Rückkehr Katholitzkys vergingen fünf nicht

enden wollende Stunden. Zum Erstaunen des Dienstgebers nahm die Angestellte an diesem Tag weder Geld noch Paket, rannte vielmehr wie von Furien gehetzt auf die Straße, wo sie sich auf die Suche nach einem Zeitungsverkäufer machte. Die ersten beiden, die ihr begegneten, waren ausverkauft. Der Dritte händigte sein letztes Exemplar gerade an einen Herrn mit abgeflachtem Vogelkopf aus. Leopoldine fuhr dazwischen, bettelte, die Zeitung doch ihr zu überlassen.
„Ich muß doch wissen, ob mein Mann freigesprochen worden ist", fügte sie erklärend hinzu. Der Vogelkopf verscheuchte sie mit häßlichen Worten: „Schleich dich, du Nazihur!"
Rotz und Wasser heulend schlich sie sich. Zu guter Letzt fand sich ein Verschleißer des offiziellen Organs der russischen Besatzungstruppen. Er war überrascht, daß sich jemand für seine Ware interessierte, und bediente die hysterisch Schluchzende mit ausgesuchter Höflichkeit. Leopoldine wischte sich über das Gesicht und las:

Gemäß den Satzungen des internationalen Militärtribunals in Nürnberg wurden am heutigen Tage in öffentlicher Gerichtssitzung folgende Urteilssprüche verlesen:

Hermann Göring:	*Tod durch den Strang*
Rudolf Heß:	*Lebenslängliches Gefängnis*
Joachim v. Ribbentrop:	*Tod durch den Strang*
Wilhelm Keitel:	*Tod durch den Strang*
Ernst Kaltenbrunner:	*Tod durch den Strang*
Alfred Rosenberg:	*Tod durch den Strang*

Hans Frank:	*Tod durch den Strang*
Wilhelm Frick:	*Tod durch den Strang*
Julius Streicher:	*Tod durch den Strang*
Walter Funk:	*Lebenslängliches Gefängnis*

Mit dem Angeklagten Funk war die Seite zu Ende. Sie mußte sich überwinden umzublättern. Das Folgeblatt begann mit einem einsamen Silberstreif.

Hjalmar Schacht:	*nicht schuldig*

Der Silberstreif verblaßte mit dem nächsten Angeklagten.

Karl Dönitz:	*10 Jahre Gefängnis*
Erich Raeder:	*Lebenslängliches Gefängnis*

Endlich kam Schirach an die Reihe. Doch das konnte nicht sein. Sie ließ das Blatt sinken. Sie mußte sich in der Zeile geirrt haben. Sie las noch einmal und noch einmal.
Es bestand kein Zweifel; unsauber, aber lesbar gedruckt stand neben dem Namen des Gauleiters der Schuldspruch:

20 Jahre Gefängnis

20 Jahre sind auch ein Todesurteil. Die Vorstellung, bis 1966 an der Seite ihres Mannes verbringen zu müssen, war mehr als Leopoldine verkraften konnte.

Der totale Zusammenbruch folgte. Sie kroch ins Bett, zog die Decke bis zum Kinn und starrte zur Decke. Der Mann stellte sie wegen des fehlenden Lebensmittelpaketes zur Rede, der Sohn wollte ihr etwas erzählen, sie reagierte nicht, lag einfach da, mit einem Ausdruck im Gesicht, wie man ihn bei Menschen findet, die genötigt sind, ihr Leben in Eisernen Lungen zu fristen.
Baldur begann, verstört über das seltsame Betragen seiner Mutter zu weinen. Sie reagierte nicht. Alois nahm in an der Hand, führte ihn aus dem Kabinett, wobei er ihm tröstend erklärte, daß die Mama nur ein wenig spinne, das würde sich schon legen. Er gewährte Leopoldine eine mehrtägige Schonfrist. Als es Zeit wurde, wieder ihrer Pflicht bei Katholitzky nachzukommen, sie jedoch keine Anstalten machte aufzustehen, sah er sich genötigt, sie aus dem Bett zu prügeln. Eine Premiere, noch nie hatte er die Hand gegen sie erhoben. Zu seiner Schande muß gesagt werden, daß es ihm ein regelrechter Genuß war, ihr brüllend ins Gesicht zu schlagen: „Du *klatsch* dreckiger *klatsch* Schlampen *klatsch* stehst jetzt auf und wehe dir *klatsch*, wenn du ohne Fressen zurückkommst …"

Um Katholitzkys Gehör war es katastrophal bestellt, aber sein Auge, geschult durch jahrelanges Aktenstudium und der Betrachtung der feinen kristallinen Strukturen seiner Mineralien, war dem eines Adlers vergleichbar. Dennoch konnte er mit der Person, die vor seiner Wohnung stand, zunächst nichts anfangen. Erst nach näherem Hinschauen erkannte er seine Haushälterin.
„Sind Sie gestürzt?", fragte er in einer Mischung aus

Argwohn und Neugierde. Leopoldine schüttelte den verquollenen Kopf.
„Was ist Ihnen dann zugestoßen? Kommen Sie herein, setzten Sie sich, ich hole ein Blatt Papier und Sie schreiben mir, was passiert ist."
„Mein Mann hat mich geschlagen."
„Hatte er denn einen triftigen Grund dazu?"
Leopoldine starrte ihn fassungslos an.
„Wie meinen Sie das bitte?"
Der Ministerialrat setzte den fehlenden Beistrich, ehe er antwortete.
„Wie ich das meine? Nun, dem Mann als Familien- und Haushaltsvorstand steht bei schwerwiegenden Verfehlungen der ihm Anvertrauten naturgemäß das Züchtigungsrecht zu. Was ich wissen will ist: Haben Sie sich verfehlt? Sind Sie Ihren Pflichten als Gattin und Hausfrau nicht oder nur ungenügend nachgekommen?"
Frau Faistenzeck verneinte mit Vehemenz.
Katholitzky kratzte sich nachdenklich den Haarkranz. Schuppen rieselten auf die Schultern seines grünen Steireranzugs. Er wirkte mehr denn je wie eine Echse.
„So, so. Ja, dann weiß ich auch nicht. Eine schwierige Geschichte. Ärgerlich, gewissermaßen. Und Sie sind sich sicher, ihren Gatten nicht leichtfertig gereizt zu haben?"
Leopoldine schüttelte den Kopf.
„So. Ja. Dann würde ich sagen, Sie …"
„Ja?" Sie blickte ihn erwartungsvoll an.
„Also eigentlich wollte ich", fuhr das Reptil fort, „daß heute die Fenster geputzt werden, aber es wäre wohl

unverantwortlich, Sie in ihrem Zustand auf eine Leiter zu lassen. Machen Sie halt die Böden."
Er warf einen verstohlenen Blick auf die geschundene Kreatur.
„Verflixt, es ist spät geworden, ich sollte längst am Weg ins Amt sein."
Schon im Gehen überkam ihn das schlechte Gewissen. Der Hinweis auf das Züchtigungsrecht des Mannes war eine gleichermaßen dumme wie unnötige Äußerung gewesen. Er drehte sich abrupt um.
„Und wegen der Sache mit ihrem Mann lasse ich mir etwas einfallen. Seien Sie ganz unbesorgt!"
Die Tür fiel ins Schloß. Leopoldine wartete auf das Geräusch des sich drehenden Schlüssels, welches jedoch ausblieb.
Der Umstand, daß der Arbeitgeber erstmals auf das Einsperren verzichtet, ihr zudem seine Hilfe angetragen hatte, vervielfachte den Fleiß der Haushälterin. Sie vollbrachte Taten, die, bedenkt man ihren Zustand, ans Übermenschliche grenzten, und reinigte, äußere wie innere Schmerzen ignorierend, nicht nur die Böden, sondern brachte die ganze Wohnung auf Hochglanz.
Katholitzky verzichtete an diesem Tag auf die lieb gewonnene Gewohnheit der Interpunktionsverbesserung. Leopoldines Aussehen hatte unangenehme Erinnerungen an seine Zeit im Gewahrsein der Gestapo geweckt. Verdrängte Bilder stiegen hoch. Der Ministerialrat wußte nur zu gut, was es bedeutet, im Zustand der Wehrlosigkeit Schläge zu bekommen, er hatte es schließlich am eigenen Leib erfahren. Solche Akte der Roheit sollte niemand

mehr erdulden müssen, nicht, wenn er es verhindern konnte. Er würde der Frau helfen.

Katholitzky sorgte tatsächlich dafür, daß die Trennung ohne Zwischenfälle über die Bühne ging. Er tat dies mit beträchtlichem Geschick; niemand hätte dem Reptil ein derartiges Organisationstalent zugetraut. Leopoldine entstaubte gerade die letzten der nach der Rahmdor-Strunzschen Systematik aufgestellten Objekte der Mineraliensammlung, als der Ministerialrat aus dem Amt zurückkehrte. Er war nicht allein, in seinem Gefolge befand sich die hünenhafte Gestalt aus der Portiersloge. „Das", Katholitzky deutete auf den Henker, „ist der Herr Irrsigler. Herr Irrsigler ist gewissermaßen unsere Leibwache. Wir werden jetzt Ihren Gatten aufsuchen und Sie packen alles zusammen, was Sie in der nächsten Zeit benötigen. Ich habe Ihnen eine Stellung im Ministerium verschafft. Mit Dienstwohnung. Beides freilich bescheidener Natur, aber wenn Sie strebsam sind, werden sich Wege finden, die Aufstieg und Fortkommen ermöglichen."
Frau Faistenzeck weinte vor Glück. Der Federmop entglitt ihren Fingern. Von Dankbarkeit überwältigt, ging sie mit ausgebreiteten Armen auf ihren Retter zu.
Dieser machte mit entsetztem Gesicht abwehrende Bewegungen.

Unterdessen schlurfte Alois durch die Wohnung. Er besaß keine Uhr mehr, seit sie ihm von einem Russen abgenommen worden war, aber dem Stand der Sonne nach zu schließen, sollte die Frau längst zurück sein.

Sein Ingrimm wuchs mit den Schatten. Als die Dämmerung einsetzte, legte er das feierliche Gelübde ab, dem Trampel von einem Weib zu zeigen, wo Gott wohnt. Ein Lächeln umspielte sein hungriges Gesicht, als er sich die Bestrafung ausmalte.

Dazu sollte es nicht kommen. Faistenzeck lieferte, als er das Stochern des Schlüssels im Schloß wahrnahm, eine Szene, die ein denkbar schlechtes Licht auf ihn warf. Er riß die Tür auf, wobei er Unflätigkeiten ausstieß, die niederzuschreiben Sitte und Anstand verbieten. Sein Entsetzen war groß, als er realisierte, daß die Adressantin in Begleitung von Richter und Henker erschienen war.

„Was hat er gesagt?" Katholitzky neigte seinen Kopf zum Portier. Irrsigler wiederholte mit mächtigem Baß die Unaussprechlichkeiten. Peinlich berührt taxierte der Ministerialrat den fahl gewordenen Mann.

„Soso. Dann sind Sie also das rohe, seine Frau schlagende Individuum? Ja schämen Sie sich denn gar nicht?"

Alois schielte nach dem Henker und wagte keine Entgegnung. Er atmete flach. Die Zeit stand still. Dann war eine Kinderstimme zu vernehmen, und Baldur geriet in das Blickfeld Katholitzkys. Der Ministerialrat runzelte die Stirne.

„Verflixt. Ein Kind ist ja auch noch da. Hab ich völlig vergessen. Ärgerlich, das mit dem Kind. Arbeitstechnisch gesehen sogar ein großes Ärgernis. Erschwert die ganze Situation. Na ja, es gibt ja noch die ministerielle Kinderkrippe. Wie heißt es denn?" Katholitzky fischte in seinen Hosentaschen und zog etwas hervor, was einmal ein Bonbon gewesen sein mochte. Er hielt es dem Kind

mit spitzen Fingern und weit ausgestrecktem Arm hin, ganz so, wie man ein unbekanntes Tier anfüttert.
„Sag schon, wie du heißt. Dann bekommst du ein feines Gutsel."
Das Kind näherte sich mit scheuer Neugierde und haschte nach der Klebrigkeit.
Die Echse zog die Hand blitzschnell zurück.
„Erst sagst du, wie du heißt."
„Sag schon wie du heißt, Baldur!" Die Stimme der Mutter vibrierte vor Nervosität.
Baldur nannte seinen Namen. Katholitzky sah an der Lippenbewegung, daß ihm eine Antwort zuteil geworden war und streckte seine Hand in die Ausgangsposition zurück. Das Kind stopfte sich das Bonbon in den Mund.
„Bedank dich bei dem lieben Onkel", zischte die Mutter. „Sag schön danke schön für das gute Zuckerl!" Baldur tat nichts dergleichen. Er wandte dem Ministerialrat den Rücken zu und ging ins Kabinett. Wenige Augenblicke später war er zurück, sah den Fremden aus großen Kinderaugen an und steckte ihm etwas zu.
Manchmal, viel zu selten, geschehen wunderbare Dinge. Der Ministerialrat öffnete die Hand und das Herz ging ihm über; der Kleine hatte ihm einen Stein verehrt. Er wollte sich beim Kind bedanken, aber seine Stimme versagte ihren Dienst. Als er seine Fassung wiedergewonnen hatte, wandte er sich an Leopoldine. „Sie haben einen außergewöhnlichen Sohn, Frau Faistenzeck. Das Kind ist eine Freude."

Versonnen betrachtete er das Geschenk.
„Ein Kieselstein. Ein kleines Geröll aus Quarz. Quarz ist das nach den Feldspäten am häufigsten vorkommende Mineral. Ein ganz wesentlicher Gemengteil vieler Felsarten. Granit, Gneis, Glimmerschiefer, Sandstein, um nur einige zu nennen. Härte nach der Mohsschen Skala 7, Dichte 2,65 g pro Kubikzentimeter.
Das Reptil beugte sich mit leichtem Ächzen zu Baldur hinunter.
„Weißt du, wer Demosthenes gewesen ist? Ein griechischer Redner, der bedeutendste Rhetoriker der Antike. Er war ein Stotterer, aber er hat sein Leiden mit großer Willenskraft und mit Hilfe eines Kieselsteins überwunden. So wie du vorher das Zuckerl in den Mund gesteckt hast, hat er", die Echse unterbrach ihren Vortrag für einen Augenblick und demonstrierte, was Demosthenes vor 2300 Jahre getan hatte.
„Und dann", der Ministerialrat erhob die Stimme, „hat er ganz laut gegen die Brandung des Meeres angeredet. Ein Stein, verstehst du, ein Stein hat ihm geholfen. Steine sind wunderbar, Steine enttäuschen nie."
Das Kind jauchzte hell und fröhlich. Es hatte nichts verstanden, fand den neuen Onkel aber sehr lustig. Katholitzky lächelte selig. Er spuckte den Stein in die Hand.
„Wunderschön, einfach wunderschön. Der bekommt einen Ehrenplatz in meiner Sammlung."
Alois der in seinem Leben schon Zeuge einiger seltsamer Szenen geworden war, atmete zwischenzeitlich wieder etwas tiefer. „Kannst du mir bitte sagen, was das alles

soll?", flüsterte er seiner Frau zu. Leopoldine würdigte ihn keiner Antwort. Alois versuchte es erneut. „Es tut mir ja leid, was passiert ist, ich weiß auch nicht, was in mich gefahren ist, es wird auch nicht wieder vorkommen, ich versprech dir das, wirklich, aber kannst du die zwei jetzt wegschicken?" Er griff bittend nach ihrer Schulter. Sie entwand sich mit einem Schrei der Abscheu. Katholitzky bemerkte es und seine Gesichtszüge verhärteten sich.
„Ja wo sind wir denn? Haben Sie denn nicht schon genug Schaden angerichtet, Sie roher Mensch? Sehen Sie denn nicht, wie sich die arme Frau vor Ihnen fürchtet? Da haben Sie nun alles, was man sich nur erträumen kann, eine brave, fleißige Gattin, ein reizendes Kind, eine, soweit ich das überblicken kann, schöne Wohnung, und was machen Sie? Sie zerstören alles!"
Leopoldine nickte ergriffen. Alois stand der Mund offen. Beschwörend hob er die Hände. „Ich habe mich doch schon entschuldigt, was soll ich denn noch tun? Ich ..."
„Verschonen Sie mich!", donnerte die Echse. „Es ist vollkommen unerheblich, was Sie zu Ihrer Verteidigung vorzubringen haben, ich kann es nämlich nicht verstehen. Es interessiert mich auch gar nicht, da ich mir bereits ein Bild von Ihnen gemacht habe. Sie sind ein brutaler Nazi, der kein Mitleid verdient!"
Alois blickte an sich herunter und bemerkte mit Schrecken, daß er die ihm als Hausjoppe dienende SA-Jacke trug.
„Ein Nazi!" wiederholte das Reptil mit Nachdruck. „Ein schäbiger Lump. Der Krieg ist bald ein Jahr zu Ende und

Sie kleiden sich noch immer mit dem Rock der Barbarei. Leute wie Sie sollte man …“

„Steinigen“, warf Irrsigler trocken ein.

Besitztümer, die einen Streit gelohnt hätten, gab es nicht. Die Möbel waren zum überwiegenden Teil zerhackt und zur Beheizung des Küchenofens verwendet, alle Dinge von Wert längst am Schwarzmarkt zur Deckung von Lebensnotwendigkeiten eingetauscht worden. Alois durfte im Kabinett wohnen bleiben und erhielt ein wöchentliches Besuchsrecht eingeräumt, Leopoldine ging aus der Scheidung als eine mit Geschirr und Tand wohlversehene, allein erziehende Mutter hervor.
Beide Parteien waren, als sie den Gerichtssaal verließen, letztlich erleichtert, den ehelichen Teil ihres Lebens hinter sich gebracht zu haben. Alois mußte sich jetzt freilich mit dem Gedanken anfreunden, das zu tun, was von Männern gemeinhin erwartet wird, nämlich hinaus ins feindliche Leben zu gehen und zu wirken und streben, denn es galt, Unterhaltszahlungen zu leisten.
An sich gab es in jenen Tagen viel zu tun, überall herrschte emsige Betriebsamkeit.
Aus öffentlichen Parkanlagen wurden die verscharrten Toten des Krieges exhumiert, Trümmerfrauen klopften den Mörtel von Ziegeln, Männer füllten auf den Straßen die Bombentreffer mit Schutt. Wenn man es durchaus darauf anlegte, ließ sich schon eine Beschäftigung finden. Mit regulär besoldeten Stellen sah es hingegen schlecht aus.
Nach der Trennung verbrachte Alois zwei schreckliche Tage in der ausgeräumten Kammer. Die Alltagsge-

räusche der Mitbewohner drangen an sein Ohr, die Einsamkeit lag wie ein Alb auf seiner Brust und nahm ihm die Luft.
Zu seinem Glück mangelte es an Ressourcen, die ihm ermöglicht hätten, in seinem Elend zu versinken. Der Hunger war es, der ihn davor rettete, der Welt abhanden zu kommen. Er trieb ihn hinaus auf die Straße, wo sich Faistenzeck in eine um Lebensmittel anstehende Schlange einreihte und betrübt der kommenden Dinge harrte.

Nicht allein in Alois hatte sich der schwarze Hund der Melancholie verbissen, Leopoldine ging es um keinen Deut besser. Das vom Ministerialrat vermittelte Obdach verdiente die Bezeichnung Dienstwohnung nur bedingt. Es befand sich im Keller des Ministeriums, an der Tür war ein Schild mit der Aufschrift „Putzmittel" angebracht. Das aus einem einzigen Raum bestehende Gelaß roch nach Moder und wurde durch eine vergitterte Oberlichte zur Straße in ein düsteres Licht getaucht.
„So. Wie gesagt, nichts besonderes, aber Sie haben immerhin einen eigenen Wasserhahn und Ausguß, und für den Beginn mag es angehen", meinte der Ministerialrat. „Sie werden es sich schon wohnlich gestalten, da ist mir gar nicht bange. Ein zwei Bilder an den Wänden, dann sieht es gleich ganz anders aus."
Leopoldine sah zur Luke hoch, blickte auf die Beine vorübergehender Passanten, dann auf einen das Bein hebenden Hund, schließlich auf einen gegen die Scheibe plätschernden gelben Strahl.

„Bei der Portiersloge ist ein Abtritt, den Sie benutzen können“, ergänzte zerstreut die Echse.
„Und was ist meine Aufgabe im Ministerium?“, schrieb sie auf einen Zettel.
Katholitzky zögerte, ehe er antwortete. „Sie sind dem Reinigungstrupp zugeteilt. Lauter reizende Damen, wie ich versichern kann. Sie werden sich wohl fühlen.
Herr Steinwender, der Vorgesetzte der Hausarbeiter wird Sie morgen in Ihren neuen Arbeitsbereich einweisen. Heute ruhen Sie sich noch ein wenig aus und richten sich erst einmal ein.“

Tags darauf trat Leopoldine Herrn Steinwender mit kleinen rotgeäderten Augen und steifen Gliedern entgegen. Sie hatte schlecht geschlafen, eigentlich hatte sie gar nicht geschlafen, der Raum war feucht gewesen, die Decken klamm, draußen am Gang lärmten quiekende Tiere, bei denen es sich nicht um Meerschweinchen handelte, auch wenn sie das dem gleichfalls schlaflosen Kind einzureden versuchte.
Herr Steinwender, dem deutlich anzusehen war, daß er sich der Rasse der Herrscher zugehörig fühlte, sprach sehr schnell und verschwendete keine Zeit mit Höflichkeiten.
„Sie sind die Neue? Gut. Passen Sie auf, was ich Ihnen sage, denn ich erkläre es nur ein einziges Mal, ich habe meine Zeit nicht gestohlen. Also: Es gibt in diesem Gebäude in sämtlichen Arbeitsräumen, in den Kanzleien, Garderoben, Bädern, Abort-Anlagen und so weiter Spucknäpfe aus emailliertem oder verzinktem Eisenblech. Nicht zu

übersehen; zylindrische Form, 20 Zentimeter hoch, 30 bis 35 Zentimeter breit, 80 Zentimeter vom Fußboden, beiläufig 20 Zentimeter von der Wand entfernt. Die Spucknäpfe werden in einem eigenen Spucknapf-Spülraum mit Kalt- und Warmwasserleitung bei ständigem Wasser Zu- und Abfluß gereinigt. Sie, als die mit der Spucknapfreinigung betraute Arbeitsperson, sammeln die zu reinigenden Spucknäpfe in Blechkübeln und transportieren dieselben in den Spucknapfspülraum.
Dort sind zwei Betontröge aufgestellt, von denen der eine für die Reinigung mit heißem Wasser, der zweite für die gründliche Nachspülung mit kaltem Wasser dient. Selbstverständlich werden auch die Transporteimer der gleichen Reinigung wie die Spucknäpfe unterzogen. Der Rücktransport der Spucknäpfe erfolgt in den gereinigten Eimern. Hier sind die Eimer, frisch ans Werk! Und ich möchte mir peinlichste Sauberkeit ausgebeten haben. Schließlich stehen Sie im Dienst der Volksgesundheit. Gibt es noch Unklarheiten?"
Leopoldine würgte es vor Ekel, aber es gab tatsächlich einen Punkt, den sie geklärt haben wollte. Steinwender schnaubte belustigt, als er ihre Frage vernommen hatte. „Gummihandschuhe? Sie wollen Gummihandschuhe?! Nun, ich würde sagen, die Verwendung von Gummihandschuhen seitens der Reinigungspersonen ist bei dieser Art der Reinigung entbehrlich. Eventuell kann eine Zange zum Anfassen der Spucknäpfe verwendet werden. Eine solche müßten Sie sich freilich selbst stellen, das Ministerium hat kein Budget für solch extravagante Arbeitsmittel."

Er bedachte sie mit einem Blick, wie man ihn besonders ekelhaften Insekten zuwirft, räusperte sich und spie aus.

Der gewesene Tag, daran konnte kein Zweifel bestehen, war ein Beweis dafür, daß es nie zu spät ist, ein glückliches Leben zu beginnen. Daß, wie Pater Bruno gesagt haben würde, droben überm Himmelszelt ein guter Vater wohnen muß, ein Vater, der zwar die Wunden schlägt, aber zugleich auch den heilenden Balsam spendet. Während Faistenzeck den Atemzügen der neben ihm schlafenden Frau lauschte, ließ er die vergangenen Stunden bis ins kleinste Detail Revue passieren.
Er hatte in der Lebensmittelschlange gestanden, elend, hungrig und hoffnungslos. Alle hatten im Stillen den dickbäuchigen Viktualienhändler verflucht, der mit betonter Langsamkeit die Lebensmittelkarten in Empfang nahm, sie gemächlich studierte, ganz so, als könnte ihnen ein Geheimnis entlockt werden, dann den betreffenden Zuteilungsabschnitt mit der Schere abtrennte, zu guter Letzt einem jedem sein Quantum abwog.
Einem der Anstehenden war es schließlich zu bunt geworden, er hatte lautstark auf den Dickbäuchigen zu schimpfen begonnen, darauf verwiesen, daß der Blade endlich weiter tun solle, er für seinen Teil habe auch noch anderes zu tun, als sich ewig um das bißchen Scheißfressen anzustellen, und offene Füße habe er auch. Naturgemäß erwiesen sich die Schmähworte als kontraproduktiv, der Dicke drosselte das Zuteilungstempo nur noch weiter, und alle hatten das Nachsehen.
In dem Augenblick als er schon aufgeben wollte und An-

stalten machte, aus der Schlange auszuscheren, geschah das große Wunder, das Mirakel des Hauses Faistenzeck. Eine Stimme drang in sein Ohr, süß wie die eines Engels, und diese Stimme rief: „Loisl bist das du?"

Wie elektrisiert hatte er aufgehorcht. Der Name Loisl war für ihn mit glücklichen Erinnerungen verbunden, Erinnerungen, die er im ersten Augenblick nicht recht einzuordnen vermochte, weil sie schon eine Weile zurücklagen.

Die Mühe der Einordnung war ihm erspart geblieben, denn aus dem Ende der Schlange hatte sich eine Frauengestalt gelöst, die, begleitet von Äußerungen des Unmuts wie „Frechheit" und „Stell dich gefälligst hinten an, wie wir auch", nach vorne drängte.

Über sein Gesicht war ein Leuchten gegangen.

„Ich glaubs nicht!", hatte er wieder und wieder gesagt, denn vor ihm hatte die Mizzi gestanden, die liebe, unkomplizierte Flakturmhelferin, vernaschte Gefährtin manch bombendurchtoster Liebesnacht.

„Wie ist das werte Befinden des Herrn Oberkanonier?", hatte sie lächelnd gefragt, und aus ihm war ein gewaltiger Wortschwall hervorgebrochen, er hatte erst gar keinen Versuch unternommen, seine Situation zu schönen, und ihr seine gesamte Misere erzählt. Es gab nichts, was er aussparte oder verschwieg, weder die Arbeitslosigkeit noch die dreisten Untermieter, weder Scheidung, noch seine Einsamkeit. Er hatte geredet und geredet und ehe er es sich versehen hatte, war die Reihe an ihn gekommen, und er stand vor der Ladenbudel. Er nahm seine Lebensmittel in Empfang, und mit einemmal kroch die

schreckliche Angst in ihm hoch, daß er zu viel gesagt, sich seelisch zu weit entblößt haben könnte.
Daß Mizzi jetzt „Also dann mach's gut" oder „Vielleicht sieht man sich ja einmal wieder" sagen würde, aber sie tat nichts desgleichen, sah ihn nur mitfühlend an und meinte: „Wenn du nichts besseres zu tun hast, können wir ja noch auf einen Sprung zu mir schauen. Nicht gerade ein Palast, eher ein Loch, Zimmer Küche halt, dazu noch in der Russenzone, aber dafür keine Untermieter."
Er hatte daraufhin ihre Hand genommen und sie waren zu Mizzis Wohnung gegangen. Gesagt hatte er am Weg zu ihr nicht mehr viel. Als sich die Eingangstür hinter ihm schloß, war ihm bewußt, daß er nach Hause gekommen war.

Es verstrich keine Woche, da verlief sein Leben wieder in geregelten Bahnen. Mizzi, die als Aktenträgerin in der Bundestheaterverwaltung tätig war, verschaffte ihm eine Stellung, die gänzlich ohne Prestige, dafür krisensicher und mit der Auszahlung einer jährlichen Gratifikation verbunden war. Die eigene Wohnung gab Faistenzeck, wie man sich unschwer vorstellen kann, leichten Herzens auf. Alois bewerkstelligte das Packen und den Auszug während der Dauer der Radiosendung „Was gibt es Neues?"
Kurz nach Ertönen der Kennmelodie betrat er sein Kabinett, als der beliebte Radiokünstler Heinz Conrads die Schlußworte
„Verzeih', daß ich so lange dich gestört,
hab Dank, daß du so nett mir zugehört.

War auch nicht alles klug, was ich gesagt,
hab nichts gedacht, hab nur mein Herz befragt"
sprach, trug er das letzte Bündel hinaus. Er wollte unter keinen Umständen einen der Nachbarn begegnen, nichts sollte sein Hochgefühl trüben.

Das Hochgefühl blieb Faistenzeck fortan treu, was nicht allein daran lag, daß die Ansprüche, die er an das Leben stellte, gering waren. Mizzi war wie für ihn geschaffen, eine in jeder Hinsicht verständnisvolle Partnerin und Gefährtin, ein Netz, in das man sich nach den Mühen des Arbeitstages fallen lassen konnte, um Kraft für das Kommende zu sammeln. Da sie in Folge einer mit einer Stricknadel durchgeführten Schwangerschaftsunterbrechung keine eigenen Kinder bekommen konnte, nahm sie Baldur an Sohnes statt an. Dieser liebte die Tante Mizzi nicht minder als sein Vater, jeden Sonntag, wenn der Kleine zu seiner Mutter zurück gebracht werden mußte, spielten sich Tragödien antiken Ausmaßes ab.
Für die gewesene Frau Faistenzeck entwickelten sich die Dinge weit unerfreulicher.
Wie Leopoldine schnell feststellen mußte, nahmen im Kastensystem des Ministeriums die mit der Reinigung der Abortanlagen und Spucknäpfe Betrauten die Stellung der Parias ein. Ein Paria durchbricht seine Stellung bekanntermaßen nur durch Reinkarnation, und es ist nur zu begreiflich und menschlich, daß Leopoldine nicht bis zu ihrer Wiedergeburt warten mochte. Sie beschloß auf Männerfang zu gehen, um den Kreislauf des Elends zu durchbrechen. Im Ministerium selbst ein sinnloses

Unterfangen, mit Unberührbaren geht man in Zeiten des Frauenüberschusses keine partnerschaftlichen Allianzen ein.
So zog sie, die Lippen mit rotem Krepp-Papier gefärbt, die Augenbrauen mit abgebrannten Streichhölzern nachgezogen, nach Dienstschluß aus, um sich einen Ami anzulacheln. Aber die Zeit war nicht barmherzig zu ihr gewesen, und es erbarmte sich nicht einmal mehr ein Russe, was doch einiges auszusagen vermag über die Unbarmherzigkeit der Zeit. Ihr Leben als geschiedene Frau verlief fortan wie einer jener öden französischen Schwarzweiß-Filme, in denen es immerzu regnet. Manchmal regnete es sachter, manchmal heftiger, immer aber schwebte eine Wolke der Trostlosigkeit über ihrem Haupt.

Da reibungslos vonstatten gehende Generalproben als böses Omen gelten, war der sich im Oktober des Jahres 1955 ereignende Zwischenfall zwar bedauerlich, ließ aber alle Beteiligten zuversichtlich dem großen Ereignis entgegensehen.
Und groß war das Ereignis wahrhaftig zu nennen; denn das Burgtheater, Wall- und Schirmstätte abendländischer Kultur, stand kurz vor seiner feierlichen Wiedereröffnung. Die Vertretung der Burgschauspieler stellte nach erbittert geführten Kämpfen die würdigsten Repräsentanten des Ensembles auf, lauter Fixsterne des Theaterhimmels, darunter leider auch solche, deren Gedächtnis nicht mehr als ganz textsicher bezeichnet werden konnte.
Einem solchen verlöschenden Gestirn, Raoul Aslan, war die Rolle des Ottokar von Horneck anvertraut worden. Nach damaligem Verständnis barg der Text Hornecks den Nukleus des Grillparzer-Stückes und der in Permanenz vergeblich memorierende Aslan verursachte nicht nur beim Spielleiter beträchtliche Unruhe. Bei sämtlichen Proben hatte Aslan bisher gepatzt, und morgen war Premiere.
Auch am Schnürboden war die Nervosität groß.
„Es wäre mir lieb zu wissen, was Sie sich eigentlich dabei gedacht haben, daß Sie ausgerechnet den da“ – ein spitzer Finger wurde auf einen Mann mit grünlicher Gesichtsfarbe gerichtet – „substituieren haben lassen“, erregte sich der Schnürbodenmeister. Der Adressat

der Erregung meinte kühl, die Wahl wäre nicht von ihm getroffen worden, das falle auch nicht unter die Agenda eines stellvertretenden Schnürbodenmeisters, da müsse er sich schon an den Schnürbodenvorarbeiter wenden. Dieser, ein besonnener Mann, der schon viele stellvertretende und wirkliche Schnürbodenmeister hatte kommen und gehen sehen und wenig von ihnen hielt, nahm den grünlichen Mann in Schutz. Zunächst einmal wolle er festgehalten haben, daß es nicht seine Schuld sei, daß ausgerechnet heute ein Schnürbodenarbeiter wegen Erkrankung ausgefallen wäre. Und dann lasse er sich nicht nachsagen, daß er die Wahl nicht mit Bedacht getroffen habe, dafür sei er ein zu alter Hase und zu lange im Geschäft.
Herr Faistenzeck stünde seit 1946 im Dienste der Bundestheater und habe in all den Jahren seine Pflicht in rastlosem Einsatz erfüllt. Wenn es nach ihm gehen würde, wäre Faistenzeck schon längst nicht mehr einfacher Bühnenkehrer und Vorhangzieher, sondern zumindest Bühnenarbeiter.
Der Schnürbodenmeister lenkte ein.
„Wenn Sie meinen, wenn Sie meinen … Aber eines sage ich Ihnen: Es trifft Sie die alleinige Schuld und volle Verantwortung, wenn bei der morgigen Aufführung gepatzt wird!"
Der Schnürbodenvorarbeiter machte eine wegwerfende Handbewegung.
„Sie können unbesorgt sein, Herr Ingenieur. Schauen Sie, das eigentliche Problem liegt ganz woanders. Wenn mich nicht alles täuscht, hat es gerade seinen Auftritt."

Aslan, der seine Lesebrille abgenommen hatte, schritt auf die Bühne. Beim Souffleurkasten angelangt, blieb er stehen.

„Es ist ein gutes Land!“, intonierte die Souffleuse. Der Regieassistent füllte ein Glas mit Schnaps und reichte es dem Regisseur. Der ergriff es dankbar und stürzte den Inhalt hinunter.

„Ah, weiß schon“, rief Aslan, *„es ist ein gutes Land, Wohl wert, daß sich ein Fürst sein unterwinde!“*

Vom Schnürboden war ein gespenstisches Seufzen zu vernehmen. Faistenzeck ging es hundserbärmlich schlecht. Er trank seit langem so gut wie nichts mehr, hatte aber gestern seinen 40er gefeiert. Die Mizzi hatte etwas besonders gutes gekocht, Kaiserfleisch, sein Leibgericht, und einen Gugelhupf gebacken, und dann hatten sie Gumpoldskirchner getrunken, viel zuviel Gumpoldskirchner … Außerdem war er nicht schwindelfrei.

Aslan nahm den gespenstischen Seufzer nicht wahr. Er ignorierte auch das aufgeregte Zischen der Souffleuse, die ihm zu verstehen geben wollte, daß er im Begriff war, einige Zeilen seines Textes zu überspringen.

„Vom Silberband der Donau rings umwunden! – Hebt sich's empor zu Hügeln voller Wein, Wo auf und ab die goldne Traube hängt, Und schwellend reift in Gottes Sonnenglanze …“

Dann blieb er stecken. In dem kurzen Zeitpunkt des Nicht-mehr-weiter-Wissens war erneut das Stöhnen zu vernehmen, gefolgt von dem Gebrüll des Schnürbodenmeisters. Aslan schleuderte, nachdem er den Faden wieder gefunden hatte, einen empörten Burgtheaterblick empor. Dann schloß er die Augen und fuhr mit von großer Innerlichkeit getragenen Stimme fort:

Drum ist der Österreicher froh und frank, Und was er tut,
ist frohen Muts getan.
S' ist möglich, daß in Sachsen und beim Rhein
Es Leute gibt, die mehr in Büchern lasen;
Allein, was not tut und was Gott gefällt,
Der klare Blick, der offne, richt'ge Sinn
Da tritt der Österreicher hin vor jeden,
Denkt sich sein Teil und läßt die andern reden!
O gutes Land! O Vaterland! Inmitten
Dem Kind Italien und dem Manne Deutschland,

ein letztes Stöhnen, dann flog etwas durch die Luft und schlug hart auf der Bühne auf.
„*Liegst du, der wangenrote Jüngling, da*", deklamierte Aslan unbeirrt. Er öffnete die Augen. Er war mit Blut bespritzt.

Wenn man seine letzte Reise antritt, erinnert man sich noch einmal an alles Schöne, an alles, was einem Freude bereitet hat und wichtig gewesen ist. In Alois' Fall war es nicht allzu viel gewesen. Er entsann sich der kirchlich gebotenen Feiertage, an denen er die Mehlspeise bekommen hatte. An das Frühjahr 1938. Die Mizzi, natürlich. Das letzte Bild aber, das durch den Kopf des Sterbenden ging, war das seines Sohnes Baldur.